KB274761

청춘을 찍는 뉴요커

Soorin Kim

청춘을 찍는 뉴요커

글 · 사진★김수린

꿈꾸는 포토그래퍼의 청춘그라피 in NY

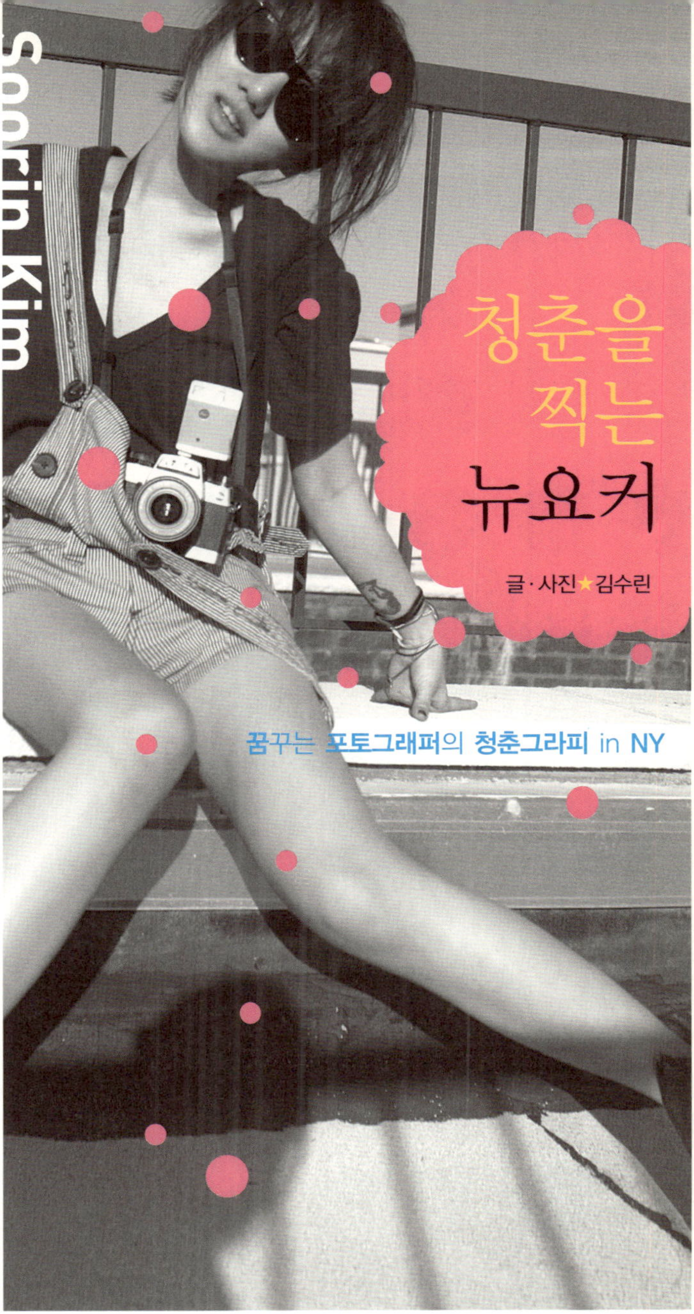

예담

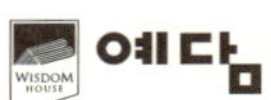

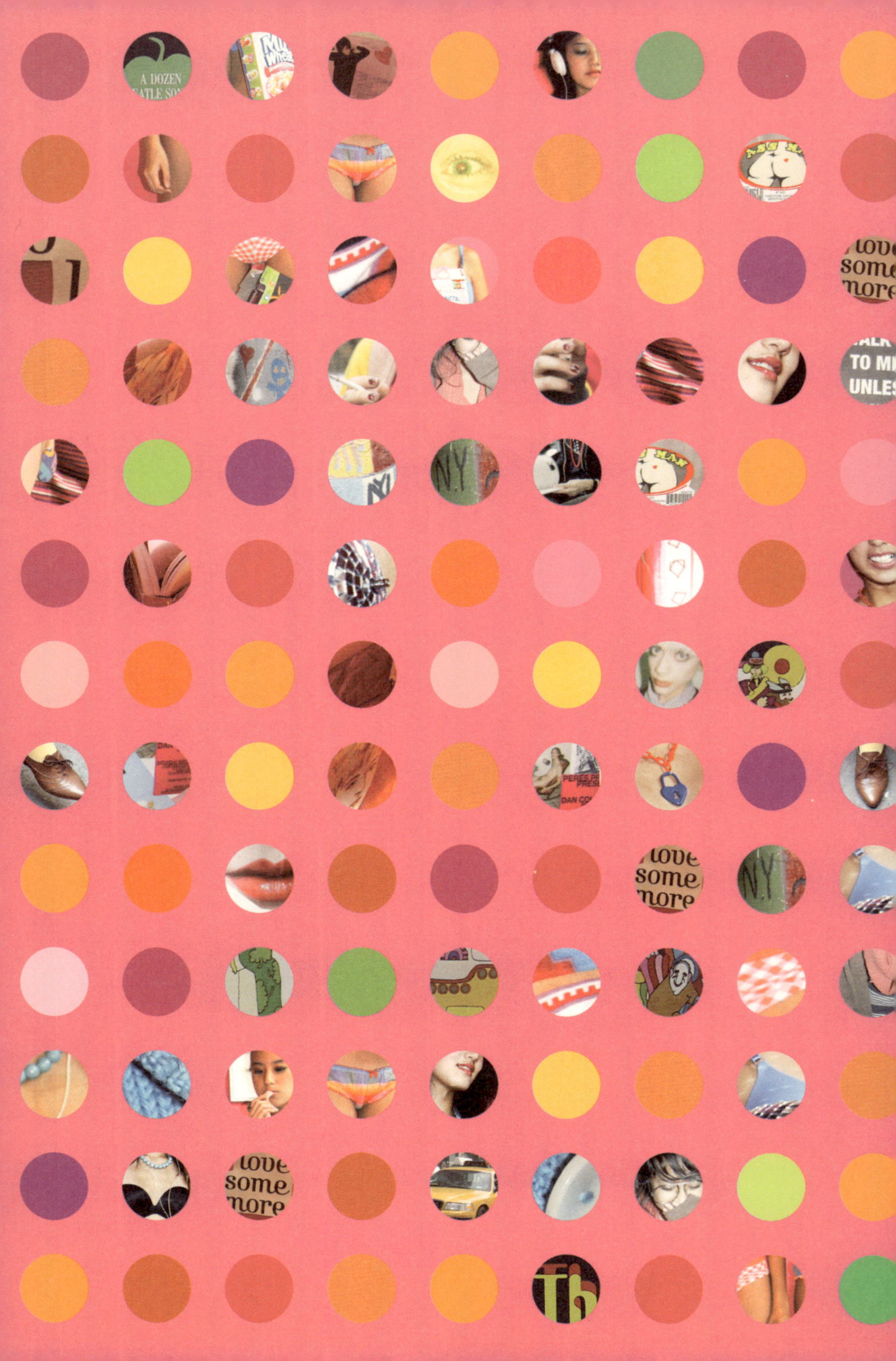

네 현실의 숙제는 현실에서 너의 꿈을 구해내는 것이다
—모딜리아니

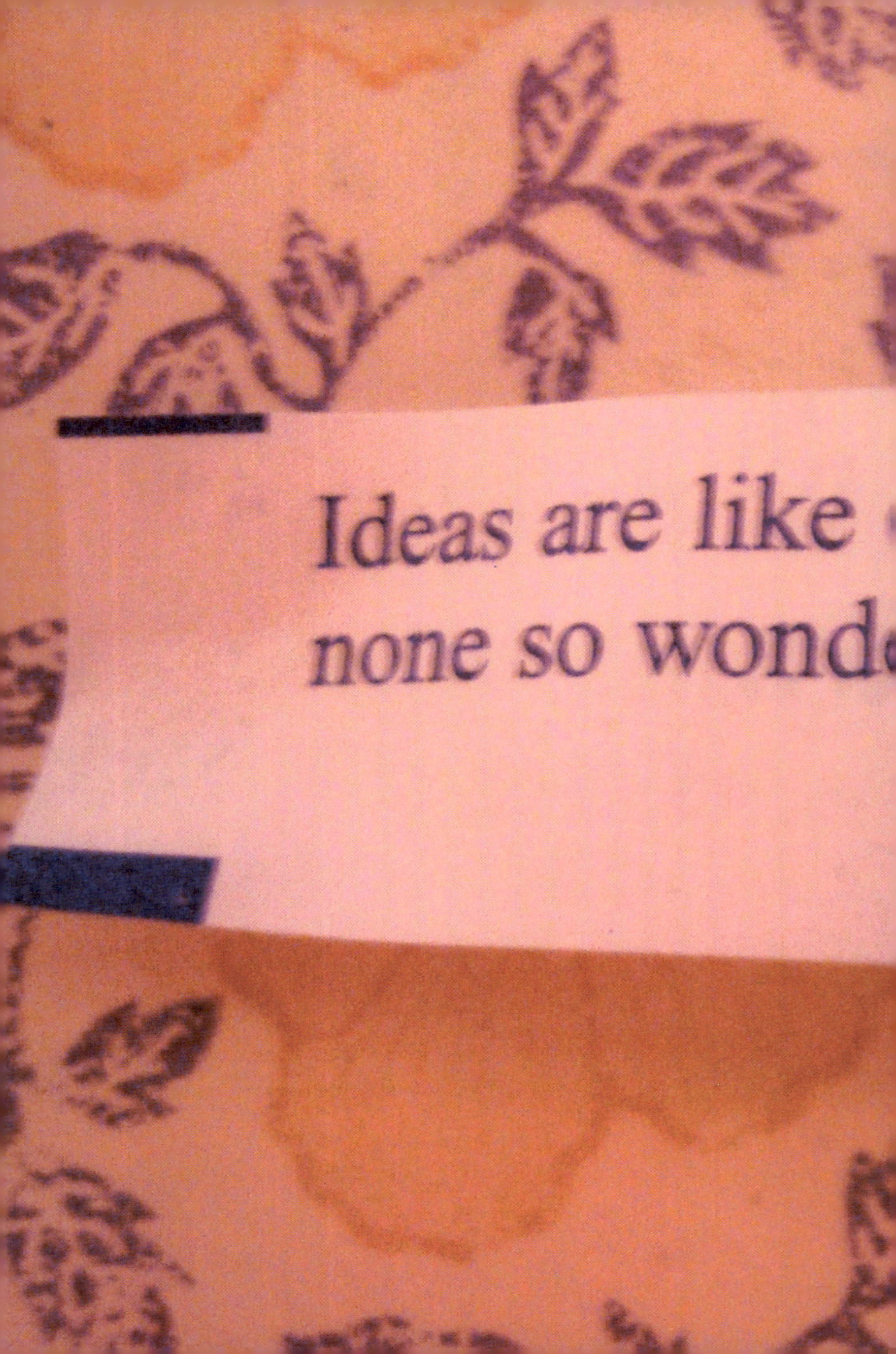
Ideas are like
none so wond

hildren: there are
ful as your own.

C·O·N·T·E·N·T·S

4 .... Avenue to *Passion*

5 .... Avenue to *Friends*

6 .... Avenue for *Soorin Kim*

Avenue to
Nostalgia

4월의 뉴욕

도착하자마자 어깨의 무거운 짐들을 내려놓지도 못한 채
마약에 취한 거리의 여자에게 붙잡혀
구구절절한 사연들을 다 들어주고 주머니 속의
잔돈을 쥐어주고서야 겨우 풀려났다.

어디를 둘러봐도 사람천지인 이곳은 뉴욕.
화려한 불빛들이 번쩍이는 타임스퀘어를 지나면서
늘 변하지 않을 것 같은 이곳에 다시 한 번 맘이 설렌다.

14

DON'T BLOCK
THE BOX
FINE +2 POINTS
NO
TURNS
8 AM - 8 PM
451-441
Seventh Ave
Fashion Ave
ONE WAY
Proven.
By Design.
15
INFINITI.
2 3 9 MTA
H&M
NO
TURNS
West 3rd

16

4월의 봄이 찾아왔는데도 아직 바람이 차다.
얼굴을 베어갈 듯 차가운 공기,
셀 수 없이 많은 고층 빌딩들의 그늘 때문에
좀처럼 찾기 힘든 양지, 노란 택시들.
그리고 바쁘게 걷는 사람들…….
바깥이 환히 보이는 카페에 앉아
쉬지 않고 바쁘게 걸어가는 사람들을 볼 때면,
저 사람들 역시 모두 나름의 꿈을 안고 살겠지
하는 생각이 들어 괜스레 반가워진다.

한 걸음 한 걸음 내딛을 때마다
앞으로 다가올 시간들을 더욱 기대하게 만들고
가슴을 벅차게 하는 풍경들.
사람들의 꿈과 열정으로 살아 숨 쉬는 도시.
그래서 나는 이곳 뉴욕이 좋다.

늘 멈추지 않을 것처럼 바빠 보이지만
이어폰에서 들리는 음악소리 하나에
여유로워지기도 하는 뉴욕이
나의 꿈을 응원해 줄 거라 믿으며
어깨의 무거운 가방은 잊은 채, 걷고 또 걸었다.
열심히 살고 싶다 이곳에 오면.
나는 더욱 열심히 살고 싶어진다.

보그걸을
위한 촬영

"♪~♬"

2006년 8월 23일. 뉴욕으로 떠나기 이틀 전, 휴대폰이 울렸다. 영신이 언니였다.

"수린아 잘 지냈어? 아, 다른 게 아니고 내가 『보그걸』 잡지에서 인턴으로 일하고 있는데 에디터 선배가 우연히 네 사진을 보더니 너랑 한번 만나보고 싶다고 해서……. 시간 괜찮니?"

보그걸! 보그걸 에디터! 듣는 것만으로도 내 가슴을 쿵쾅거리게 만드는 단어들!

"언니 정말요? 그런데 나 이틀 있으면 뉴욕으로 가는데, 그래도 에디터 분 전화번호 알려주세요. 제가 연락해 볼게요!"

고맙다는 인사를 하며 전화를 끊고 흥분된 마음을 진정시키고 나서야 영신이 언니에게 받은 전화번호를 꾹꾹 눌렀다.

"안녕하세요, 저 김수린이라고 합니다."

쑥스러워하는 내 마음을 아는지 『보그걸』의 에디터는 밝은 목소리로 나에게 이것저것 물어왔다. 그리고 나를 만나고 싶어했다. 늘씬한 키에 화장기 없이도 멋진 얼굴. 역시 유명 잡지의 에디터는 뭔가 다르구나 느끼게 했던 첫인상. 에디터는 패셔너블한 내 친구들과 나를 잡지에 싣고 싶어했다. 『보그걸』이 내게 제안한 모델들은 나를 포함해 모두 5명. 이틀 후에 뉴욕으로 떠나야 하는 나로서는 사진을 찍을 수 있는 날은 단 하루뿐이었다.

"이틀 후에 떠나야 한다면서, 할 수 있겠어?"라고 묻는 에디터의 말에 나는 조금의 망설임도 없이 "네!" 하고 대답했다. 친구들의 스케줄이 어떤지 묻지도 않은 채, 시간이 없다면 새벽에 그들의 집 앞에서 기다리는 한이 있더라도 꼭 해내고 싶은 마음뿐이었다.

18

19

감사하다는 말을 연발하고 돌아서 차례차례 친구들에게 전화를 걸어 스케줄을 물으니, 밤 12시까지 패션쇼가 있다는 모델 수혁이를 비롯해 할머니와 점심 약속이 있다는 혜지까지, 그때서야 큰일이다 싶었다. 집으로 돌아가 30분 간격으로 언제 어디로 이동해야 할지 자세하게 적고 평소보다 일찍 침대에 누웠지만 쉽게 잠이 오질 않았다.

고등학교에 입학하며 다이어리의 첫 페이지에 이렇게 써놓았지.
'스무 살이 되면 나만의 사진전을 열고, 잡지에 나의 사진을 꼭 싣겠어!'
스무 살의 전시회는 어떻게든 내 힘으로 한번 도전해 볼 만하다고 생각해 왔지만 잡지에 사진을 싣겠다는 다짐은 그저 먼발치에서 내게 어서 오라고 손짓하는 희미한 꿈에 불과했다.
하지만 바로 내일, 나는 그 희미한 손짓에 다가갈 수 있는 것이다.
가슴 깊은 곳에서 뜨거운 무언가가 꿈틀거리고 있었다.

다음날 아침 일찍 집을 나섰다. 먼저 강남역에서 학률이를 만났다. 내 모델이 되어달라는 말에 학률이는 새벽부터 커다란 트렁크에 옷을 여러 벌 넣어 끌고 왔다. 사진을 찍고 나니 어느새 점심시간이 훌쩍 지났지만, 밥 먹을 생각은 엄두도 못 낸 채 그 다음 모델인 경일이를 만나러 논현동 스튜디오로 출발했다. 나와의 촬영을 위해 빠듯한 하루 일정을 쪼개 시간을 내준 경일이와 함께 스튜디오를 나서니 어느새 깜깜한 저녁이 되어 있었다.
지체할 시간이 없었다. 이촌동에 위치한 혜지 집으로 향했다. 날씨는 너무나 더웠고 몸은 이미 녹초가 되어 있었지만 잠시라도 늑장 부릴 여유가 없었다. 도착하기가 무섭게 혜지에게 옷을 골라 입히고 부지런히 사진을 찍었다. 밤늦게 소란을 피워 죄송하다는 말과 함께 혜지 집을 나서니 밤 11시.
이제 남은 모델은 수혁이 한 명. 수혁이는 그날 김포에서 패션쇼가 있는 날이었다. 하지만 나와의 촬영을 위해 밤 12시가 넘은 시각에도 한걸음에 달려와주었고, 우리는 아직 문을 닫지 않은 카페를 찾아 헤매며 결국 최고의 사진을 찍었다.

21

22

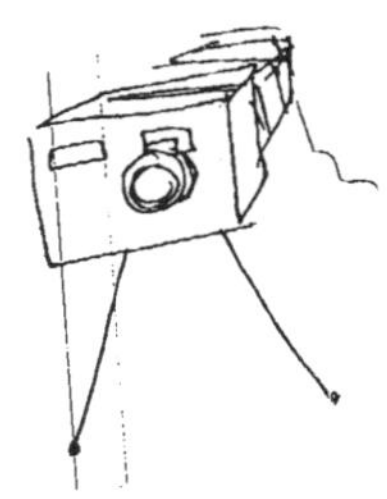

집 근처에 도착하니 어느덧 새벽 4시. 곧 해가 뜰 시간이었다.

집 앞 놀이터 벤치에 잠시 자리를 잡았다. 친구들이 너무 고맙고, 또 내 자신이 뿌듯하고 대견해지면서 괜스레 눈물이 흘렀다.

유일하게 가족과 함께 지낼 수 있는 여름방학 동안 혼자 전시회를 준비하느라 가족과 단란한 시간 한 번 보내지 못했던 나.

하나밖에 없는 딸과 마지막 저녁식사를 함께 하그 싶다며 일찍 들어오라 하셨던 부모님의 목소리가 자꾸 귀에 맴돌았다. 나는 독립적인 자식이기는 했지만, 부모님께 다정다감한 말을 건넬 줄 아는 싹싹한 딸은 아니었기에 더 죄송스러웠다.

멍하니 하늘을 바라보았다. 그저 겁 없이 거침없이 달려왔던 시간들…….

앞으로 내 앞에는 어떤 날들이 펼쳐질까? 설레는 만큼 두려움도 컸다. 하지만 나에겐 꿈꾸는 모든 것에 도전할 수 있는 젊음과 열정이 있지 않은가.

앞으로도 잘 해낼 것이라 다짐하며 "잘했어 김수린!" 하고 나의 머리를 쓰다듬어주었던 그날. 뉴욕으로 떠나기 하루 전날. 그날의 새벽 공기는 아직도 내게 생생하기만 하다.

23

Tears in Heaven

학교 수업을 끝내고 집으로 돌아오는 길. 귀에 꽂은 이어폰에서 너무 익숙한 멜로디가 흘러나왔다. '무슨 노래지? 어디서 들었던 노래더라?' 곰곰이 생각해 보니 어렸을 때 아빠가 밤마다 집안 가득히 틀어놓았던 에릭 클랩튼의 〈Tears in Heaven〉이었다. 아마 라이언 맥긴리가 내 아이튠에 넣어준 3,000개의 노래들 중 하나였나 보다. 너무 반갑고 신기한 맘에 그리고 너무 오랜만에 듣는 그 익숙한 멜로디에 푹 빠져 가사 하나하나를 자세히 음미해 본다.

24

25

'천국에서 만난다면 아빠의 이름을 기억할 수 있겠니? 내가 널 천국에서 본다면 너는 변함없이 그 모습 그대로일까. 시간이 흐르다 보면 낙담하게 될 때가 있지. 세월이 흐르다 보면 무릎을 꿇을 때도 있고, 살다 보면 가슴 아픈 일도 있어. 구걸을 하게 될 일도 있지. 하지만 천국의 문 너머에는 분명 평화가 있겠지. 그리고 천국에는 눈물을 흘려야 할 일이 더 이상 없으리란 걸 나는 알고 있어.'

26

기분이 참 이상했다. 마치 그 시절로 돌아간 것만 같았다. 음악을 듣고 있는 아빠와 그 옆에서 조잘거리며 찰흙으로 뭔가를 열심히 만들던 나. 그리고 잘했다며 머리를 쓰다듬어주던 엄마까지……. 바로 이 순간, 이 장소에 우리 가족이 함께 있는 것 같은 기분이 들었다. 에릭 클랩튼의 노래를 들으며 무슨 뜻인지도 모른 채 '우리 아빠는 맨날 똑같은 노래만 듣나 보다' 하고 생각했던 나. 하지만 어느새 그 꼬마는 가사 전부에 마음이 흔들리고, 슬퍼할 줄 아는 스무 살의 고민 많은 대학생이 되어버린 것이다. 이제 나는 밤마다 에릭 클랩튼의 〈Tears in Heaven〉을 듣던 아빠가 무슨 생각을 했을지, 그때 아빠에겐 어떤 고민들이 있었을지 다시 생각하게 된다.

그날 집으로 돌아오는 내내, 똑같은 노래를 돌려 듣고 또 돌려 들었다.
음악을 들으면서 마치 슬픔의 한가운데를 걸어가는 것만 같았다.
어른이 된다는 건 슬픔을 알게 된다는 것.

27

처음 만난 뉴욕

유치원을 갓 졸업하고 초등학교 입학을 앞둔 겨울, 엄마와 함께 미국을 처음 여행했다. 캘리포니아에 먼저 도착해 유니버설 스튜디오와 디즈니랜드를 모두 구경하고 난 뒤, 나는 그 웅장한 스케일에 놀라지 않을 수 없었다. 특히 유니버설 스튜디오에 갔을 때는 어마어마한 크기의 킹콩, TV에서나 보던 ET와 함께 자전거를 타고 하늘을 날 수 있다는 사실에 충격을 받기까지 했다. 그런데 이 여행에 일곱 살의 나를 하늘나라로 보낼 수도 있는 위험천만한 사건이 숨어 있을 줄이야.

엄마와 둘이서 호텔 침대에 누워 곤히 자고 있는데, 갑자기 옷장이 엄마 다리 위로 쓰러지는 것이었다. 엄마가 옷장 밑에서 겨우 다리를 꺼내는 순간, 호텔 건물은 캄캄한 암흑 속에 갇혀버렸다. LA에 지진이 일어난 것이다. 모두 지하로 피신하라는 방송이 나오자, 엄마는 나를 업고 9층에서부터 지하까지 사람들과 함께 대피하기 시작했다. 나는 잔뜩 겁에 질려 엄마 등에 얼굴을 파묻고 덜덜 떨고만 있었다. 빨간 피가 흐르는 머리를 하얀 베개로 감싸고 계단을 뛰어 내려가던 백인 아저씨의 얼굴이 아직까지 생생하다. 하지만 당장에 한국으로 돌아오라는 가족들의 만류에도 불구하고 엄마는 계속해서 나와의 뉴욕 여행을 감행했다. 엄마에겐 배짱과 모험심이 있었다.

따뜻했던 LA와 달리 뉴욕은 눈보라가 치는 한겨울을 실감하게 했다. 목도리로 얼굴을 꽁꽁 싸맨 채 엄마 손을 꼭 잡고서 뉴욕의 이곳저곳을 구경했는데, 그중에서도 'Toy's R us'라는 장난감 가게에 놓여 있던 장난감 세탁기와 장난감 집은 아직도 눈앞에 아른거린다. 무엇보다 놀라웠던 뉴욕의 모습은 나와 같은 또래의 어린이들 모두가 너무나 예쁜 옷차림을 하고 있다는 것이었다. 부츠는 어른들만 신는 것인 줄 알았는데, 뉴욕의 아이들은 당연한 듯이 무릎까지 오는 스타일리시한 부츠를 신고 있는 것이 아닌가! 나는 결국 엄마를 졸라 내 발에 꼭 맞는 부츠를 신고야 말았지만.

일곱 살 아이의 눈으로 보았던 뉴욕은 잊을 수 없을 만큼 추웠고, 그 추운 날씨에도 거리에는 구걸을 하는 거지들로 가득했지만, 추위와 거지들을 까맣게 잊어버리게 할 만큼 뉴욕은 거대하고 매력적이었다. 뉴욕 여행을 마치고 돌아오는 비행기 안에서 나는 엄마에게 "엄마, 나도 뉴욕에 살고 싶어"라고 이야기했다고 한다. 그때 나는 알았을까? 나의 20대를 뉴욕에서 시작하게 되리란 사실을.

31

센트럴파크에서의
피크닉

늘 바쁜 일상에 잠시 짬을 내어 친구들과 함께 센트럴파크로 피크닉을 왔다.

나는 아침 일찍 일어나 크래커에 치즈와 햄을 넣어 간식거리를 챙겨왔고 나보다 요리 솜씨가 좋은 친구 메리엘은 먹기가 아까울 정도로 예쁜 샌드위치를 만들어왔다.

부메랑을 던지며 뛰어오는 아이들, 쌔근쌔근 잠든 아기를 토닥이는 엄마와 그 둘을 사랑스럽게 바라보는 아빠. 사랑을 속삭이는 연인들.

눈앞에 펼쳐진 이 광경들에 취한 나는 그저 "아, 참 좋다!"라는 말만 연신 내뱉는다.

아무리 모든 것이 변한다 해도 이 순간의 감정만은 영원히 잊혀지지 않을 것 같다는 확신이 드는 건 왜일까?

배우지 않아도 알 수 있는 것들이 있다.

경험해 보지 않고도 충분히 행복할 수 있는 그런 감정들과 순간들이 있다.

적어도 나의 세계 안에서는 그렇다. 욕심내지 않을수록 좋다.

그저 아주 작은 순간순간들. 그런 순간들이 존재하기에 나는 충분히 행복하다.

32

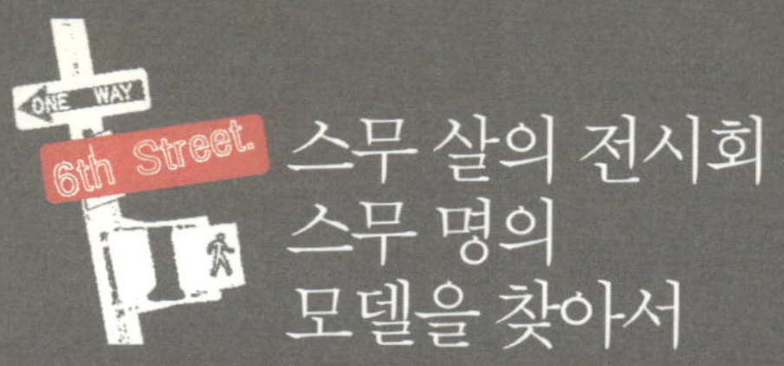

스무 살의 전시회
스무 명의
모델을 찾아서

스무 살의 전시회
스무 명의
모델을 찾아서

34

월드컵 열기로 한창 뜨거웠던 2002년. 그리고 그 열기가 아직 가시지 않은 9월. 미국에 온 지 1년이라는 시간이 흘렀고 드디어 나는 고등학생이 되었다. 수업을 따라가기는커녕, 숙제가 무엇인지도 제대로 알아듣지 못한 채 풀이 죽어 쓸쓸하게 집으로 돌아오곤 했던 그때. 하루하루 그저 멍하니 책상에 앉아, 무슨 말을 하는지 도무지 알 수 없는 선생님 얼굴을 바라보다가, 혼자 공책에 다짐하듯 적어놓았던 글귀.
'4년 뒤 스무 살에 나는 꼭 나의 첫 전시회를 열 것이다!'
암실에서 사진을 작업하는 방법도 몰랐던 내가 무슨 생각으로 그런 결심을 했었는지 지금도 웃음이 난다.

그 후 4년이라는 시간은 훨씬 더 빨랐다. 과학시험을 치르기 전날이면 세상이 싫다며 공부를 하다 혼자 서럽게 울고, 도무지 끝이 없을 것 같았던 SAT 단어들을 매일같이 외우며, 아무것도 모른 채 숲속을 뛰어다니며 사진을 찍다 보니, 어느새 인생에서 고등학생이라는 신분을 떠날 시간을 몇 달 남기지 않게 되었다. 미국 고등학교에서는 시니어(12학년)가 되면 졸업을 앞두고 일찍 합격통지서를 받은 학생들은 꽤 여유롭게 학교를 다닐 수 있다. 미리미리 대입준비를 해서 12학년이 되자마자 원서를 보낸 덕에 나는 11월 파슨스 디자인 스쿨로부터 합격통지서를 받을 수 있었고, 학교생활을 여유롭게 할 수 있는 6개월의 꿈같은 시간이 주어졌다.

'때는 바로 지금, 스무 살의 전시회 프로젝트를 위해서는 지금부터 준비를 해야 한다!'
학교에 가지 않는 토요일과 일요일이면 동네 세탁소에서 하루에 열 시간씩 일하면서 돈을 모았고, 손님이 없을 때면 글을 쓰거나 스케치북에 그림을 그렸다.
'스무 살, 내 마음에 드는 20명의 모델을 찾아서!'
세탁소에서 손님들이 가져오는 빨래를 정리할 때마다 그렇게 다짐하면서 조금씩 전시회에 대한 계획을 구상하기 시작했다. 라디오에서 흘러나오는 노래를 따라 부르며, 이것저것 혼자 상상하고 꿈꾸다 보면 아르바이트 시간이 너무나 빨리 흘러가버리곤 했다. 물론 틈틈이 사진을 찍는 일도 잊지 않았다.

35

FROSTED
Kellogg's
Mini-Wheats
Strawberry Delight
Cocoa Puffs
Whole Grain
2 BONUS
BOX TOPS

37

38

40

41

42

43

44

45

46

2006 08 6
REAL GEM
PROJECT
SOORIN KIM
48

2006년 6월, 드디어 나는 고등학교를 졸업하고 한국에 왔다. 할 일이 많았다. 우선 이곳 저곳을 수소문해서 내 마음에 드는 20명의 모델들을 캐스팅했다. 그리고 모델들을 일일이 만나 인사를 나누고 나의 계획을 이야기했다. 고맙게도 모두 긍정적인 반응이었다. 그리고 전시회를 열기에 모자란 돈을 더 모으기 위해 내가 갖고 있는 옷과 신발들을 내다 팔면서, 스튜디오와 햇볕이 따가운 야외까지 계속 장소를 물색하며 끊임없이 사진을 찍고 또 찍었다. 마침내 2006년 8월 10일 'Real Gem Project by Soorin Kim' 이라는 타이틀 아래 나만의 전시회를 열게 되었다.

그 어떤 누구의 도움 없이 모든 걸 혼자 계획하고 이루어낸 평생 잊지 못할 순간.

나는 스무 살이었고, 열정과 자신감으로 충만해 있었다.

밤하늘의 가장 밝은 별을 따라가듯

잭. 벌써 2년이라는 시간이 흘렀다는 게 믿겨져?

Kelly의 노래가 한창 유행할 때, 너와 프랭코 방에서 유튜브를 하루 종일 틀어놓고서는 노래를 부르며 춤을 추고 다시 노래를 부르곤 했잖아. 그러다가 지칠 때쯤이면 너는 오랫동안 기름칠을 하지 않아 귀가 따가운 소리를 내던 작은 창문을 억지로 열어 얼굴을 빼꼼히 내밀고선 담배연기를 내뿜어댔었지.

수다쟁이 프랭코는 고등학교 시절 체육시간에 입던 체육복을 대학생이 되어서도 입고 있는 너를 이해하지 못하겠다고 계속해서 소리쳐대고.

잭. 나는 그때 그 순간들, 워싱턴스퀘어 파크에서 추운 손을 호호 불어가며 함께 먹었던 치킨수프의 맛도, 바람 속에 사라져가던 치킨수프의 김도 빠짐없이 생생하게 기억이 나. 그리고 작년 어느 날, 네 전화를 끊고서 무언지 알 수 없는 이상한 기분을 목구멍으로 삼켜버렸던 것마저도.

그때는 사탕을 녹이지 않고 삼켜버린 그 기분이 언제까지라도 남아 있을 것만 같았는데…….

시간이 아무리 오래 흘러도 변하지 않고 계속될 것만 같은 것들 있잖아.

50

51

52
Lolita
VLADIMIR NABOKOV
transitional poems
Introduction by CHARLAYNE HUNTER

53

접시에 담아놓은 아이스크림이 잠깐 TV를 보는 사이에 물처럼 스르르 녹아버리듯 그렇게 사라져버리는 느낌 이해해?

이번 방학 동안 비틀즈 멤버들을 다룬 다큐멘터리를 전부 찾아봤거든.

데뷔 초기, 리버풀의 시골 소년이었던 그들은 참 거침없어 보였어. 아무것도 몰랐겠지. 자신들이 그렇게 역사에 길이 남을 인물이 될 거라곤.

꿈은 꿀 수 있었겠지만, 확신은 없었을 거야. 그런데 그렇게 그렇게…… 시간이 흐르다 보니까 리버풀의 순박한 소년들의 웃음은 찾아보기가 힘들더라.

리버풀에서 함께 모여 꿈을 꾸고 노래를 부르던 그때가 더 행복하지 않았을까 생각하면서 나는 그저 평범한 삶을 살고 싶다고, 잔잔하게 흐르는 미지근한 물처럼, 너무 뜨겁지도 차갑지도, 얕지도 깊지도 않은 그런 삶을 살고 싶다는 생각을 했어.

잭. 지난 2년 동안 우리 참 많이 성장한 것 같다고 이야기했었지.

그 말에 전적으로 공감해. 아마도 10대를 벗어나 처음 살아낸 우리 스무 살의 시작은 그 어떤 때보다 거침없고 멋진 시간들이었으니까. 사소한 것들, 아주 작은 것일지도 모르는 것들이 내게는 지켜내지 못하면 와르르 무너져버릴 것 같은 그런 기분, 너도 이해해?

젊다는 거. 늘 위태로운 영혼으로 가느다란 밧줄에 의지해 살아가는 기분을 떨쳐버릴 수는 없고, 확신이라는 것 역시 명확하지 않아서 청춘이 나약하다는 것도 너무나 잘 알고 있지만…….

그래도 우리 밤하늘의 가장 밝은 별을 따라가듯, 그렇게 살자.

54

55

Rewind
싱싱한 기억의
저장고를 돌린다

56

가끔씩 좁은 기숙사 방에서 혼자 숙제를 하다 보면 옛 추억을 돌이켜보고 싶은 생각이 간절해질 때가 있다. 그럴 때면 일기장을 넘기며 1년 전의 나, 2년 전의 나, 3년 전의 나를 돌아보곤 한다. '그래, 그때는 그랬지' 하며 혼자 고개를 끄덕이기도 하고 '지금의 나라면 절대로 그렇게 못했을 텐데' 하는 생각이 드는 기억들도 있다. 그 중에서도 평생 잊지 못할, 무슨 일이 있어도 지우고 싶지 않을 만큼 소중한 순간들도 있다. 2003년 7월의 어느 날, 장마 때문에 비가 멈출 줄 몰랐던 그날이 내겐 그랬다.

사진작가 김중만 선생님을 만나기 전날, 두근거리는 마음 때문에 좀처럼 잠에 들 수가 없었다. 밤새 뒤척이며 빨리 아침이 오기만을 기다렸다. 길고 긴 밤이 지나고 드디어 아침이 찾아오자 열여섯 살의 나는 청담동에 위치한 스튜디오로 찾아가 김중만 선생님과 배우 권상우의 촬영이 끝나기만을 오랫동안 서서 기다렸다. 촬영이 끝나고 방으로 들어오라는 김중만 선생님의 손짓. 그때처럼 떨리고 흥분되는 순간이 또 있었을까? 선생님은 내게 이런저런 질문을 해왔지만 그때의 두근거림만 기억할 뿐, 나는 내가 어떤 대답을 했었는지 기억조차 나지 않는다.
"네가 찍은 사진 가져왔니?"라는 김중만 선생님의 질문에 약품조차 제대로 말리지 못해 군데군데 얼룩져 있던 내 사진들을 수줍게 꺼내놓았다. 차근차근 한 장씩 아무런 말씀도 없이 사진을 보시고는 나직한 음성으로 들려주시던 그 말. 아직도 그 말을 잊지 못한다.
"이야 사진 좋네! 벌써 모델이랑 커뮤니케이션을 할 줄 아는구나.

너 앞으로 그렇게 하고 싶어하는 사진, 계속 찍어도 되겠다!"

어제 들은 것처럼 너무나도 생생한 그 말. 아직도 내 귓가에 울리는 것만 같다. 작고 어렸던 그때의 나. 사진을 평생 찍어도 되겠다는 그 말에 집으로 돌아와 신나서 춤을 추고 노래를 부르며 집안을 빙글빙글 돌다가 그만 주저앉아 펑펑 울음을 터뜨리고 말았었지. 아마도 나 자신과 재능에 대해 검증 받고, 그 어떤 고민에도 흔들리지 않을 확신을 갖고 싶다는 열망이 강렬했기 때문이었을 것이다.

그리고 2년 후 열여덟 살. 동강 사진축제에서 김중만 선생님을 다시 만났다. 대학생들만 참가할 수 있는 사진 강의였는데 너무나 참여하고 싶었던 나는 고등학생 신분을 숨기고 참가했다. 하지만 성숙해 보이는 언니 오빠들과 다르게 풋내 나는 모습 때문인지 고등학생이란 사실을 금세 들켜버리고 말았다.

스타보다 더 인기가 많은 김중만 선생님의 강의가 끝나자 나는 빠른 걸음으로 선생님을 뒤쫓았다. "선생님 저 기억나세요?" 망설이다 겨우 꺼낸 한 마디. 2년이나 지나 어느덧 열여덟 살이 되었지만 떨리는 마음은 숨길 수가 없었다. 선생님께서는 뒤를 돌아보시더니 활짝 웃으시며 이렇게 말씀하시는 게 아닌가.

"어? 그래 너 사진 괜찮게 찍는 아이! 2년 전에 스튜디오에 왔던. 이야 오랜만이구나. 미국에서 공부는 잘하고 있니?"

어쩌나 감사하고 기쁘던지.

문장 맨 앞의 '사진 괜찮게 찍는 아이' 라는 김중만 선생님의 그 말에 힘입어 나는 지금껏 한 번도 나의 재능을 의심하지 않는다. 아마 앞으로도 쭉 그럴 것이다. 이건 나 자신에게 거는 주문과도 같다.

58

괜스레 열여섯, 열여덟, 그때의 어렸던 내가 기특해지는 밤.

내가 김중만 선생님 같은 멋진 사진작가가 되어 작고 어린 시절의 나처럼 사진작가를 꿈꾸는 아이들에게 한 마디 말로도 희망을 던져줄 수 있는 존재가 되었으면 좋겠다는 생각을 감히 해본다.

Rewind. 다시 되돌려서 기억해 내는 거다. 힘들어서 그만두고 싶을 때는 뭔가를 이뤄냈을 때의 설렘을, 무언가를 시작하기 전 두려움에 발을 내딛기가 겁이 날 때는 잘해내고 기뻐하던 추억들을 떠올리는 거다.

그렇게 순간순간 눈을 감고 다시 한 번 떠올려 보면 어느새 나는 새로운 시작점에 서 있곤 했다.

59

갈 날을
이틀
남겨두고

갈 날을 이틀 남겨두고
돌아가면 철저히 혼자가 되겠다고
다시 한 번 다짐해 본다.
사소한 것쯤은 아무렇지 않게 흘려버리고
쉽게 넘어갈 수 있는 넓은 마음이,
이별 같은 것도 꿀꺽 하고 삼켜버릴 수 있는
그런 맘이 내게는 필요하다.

"뉴욕에서 일할 수 있어도 너 그냥 한국에서 살면 안 돼?"
라며 아쉬운 내 마음을 한 번 더 붙잡는
친구들의 말에 한 치의 망설임도 없이 안 된다고
난 뉴욕에서 성공해야 한다고 대답하며
뉴욕에 가기 전날, 가족들과의 약속도 취소하고
새벽 네 시까지 사진을 찍을 수밖에 없었던 그때.
집으로 돌아와 그럴 수밖에 없는 내가 밉고
모두에게 미안해서 엉엉 울었던 때가 떠올랐다.

61

쉽게 돌아오지 않으리라 결심하고 갔기에
그나마 이만큼 성장할 수 있었고,
언제든 올 수 있고 오고 싶다고 생각했으면
아마 여기까지 못 왔겠지.

익숙해진 것들과 작별해야 할 때.
수없이 겪어왔는데도
매번 우울해서 미칠 것 같지만
마음을 더 단단히 먹고
씩씩하게 살아야겠다!

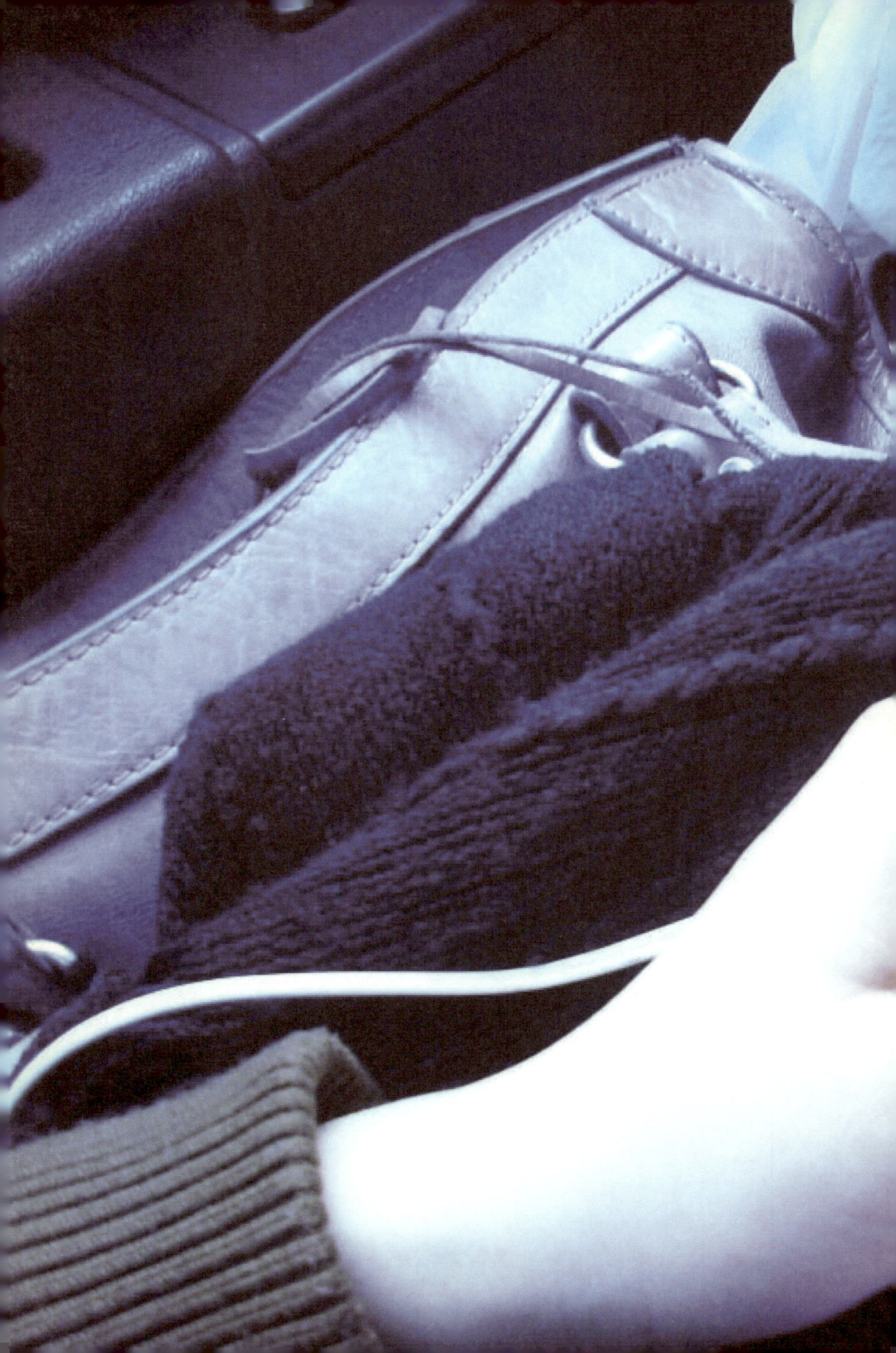

63

매일 똑같이 13시간씩
이상하게도 이번 여름
비행기 안에서는 눈이
잤다.
공포영화를 보며 뒤척이
집어들었다. 책 선물은
만들어주지만, 특히 이
다른 내용이라 더욱 반너
인상 깊었던 구절이 너
기억에 남는 대목.
“문제없어. 걱정하지 마
많은 사람들도 실업자처
그러니까 네가 하고 싶
그리고 너는 언제나 다
존재이고, 최고의 자리
항상 기억하렴.”

기를 타왔지만
뉴욕으로 돌아오는
울 정도로 잠을 못

『로베르네 집』을
제나 나를 기분 좋게
젊은 아티스트들을
다.
많지만 그중 가장

직업을 가지고 있는
방황하고 있어.
일을 계속하렴.
사람들과 다른 특별한
차지할 수 있는 사실을

Chapter 2
Avenue to
serendipity

우리를 흥분하게 하는 그 이름

파슨스 입학을 앞둔 8월의 어느 날, 드디어 뉴욕 JFK공항에 도착.

이제 공항에 내려서 세 시간씩 차를 타고 더 들어가야 했던 뉴저지가 아닌 뉴욕 시티로 향한다! 두근두근.

혼자 택시를 잡고서 어찌나 손에 오래도록 쥐고 있었는지 꾸깃꾸깃해져버린 기숙사 주소가 적힌 쪽지를 운전사에게 내밀었다.

"5west 8th Street, between 5th and 6th avenue please"라는 내 말에 무섭게 출발하는 택시.

드디어 시작된 것인가? 그토록 꿈꿔왔던 곳이 이제는 바로 내가 사는 곳, 내가 다니는 학교라고 말할 수 있게 된 현실이 눈앞에 펼쳐지고 있는데도 쉽사리 믿어지지가 않았다.

나는 차창을 열어 바깥 풍경을 카메라에 담았다. 강한 바람이 얼굴을 때리고 있었지만 오히려 짜릿했다. 이 설렘과 뜨거운 가슴을 잃지 말아야지. 지금 이 순간을 오래도록 간직할 거야.

어느덧 학교 기숙사 앞에 도착한 택시. 돈을 지불하고 짐을 내린다.

'기숙사로 보이는 이 건물. 여기가 맞나?' 하고 이리저리 둘러보니 'Marlton'이라고 씌어 있는 건물이 눈에 띈다.

PARSONS
71

72

파슨스는 뉴욕 한복판에 위치해 있는데, 학교 건물도 기숙사도 한데 모여 있지 않고 뉴욕 이곳저곳에 흩어져 있다. 8th street의 갈튼. 이곳이 내가 1년 동안 생활하게 될 파슨스 신입생들을 위한 기숙사다. 뉴욕의 야심찬 젊은이들이 가득 모여 사는 그리니치빌리지에 자리하고 있다.

방 열쇠를 받고 2층의 내 방으로 올라가니, 이층 침대가 하나 있고 그 옆에 싱글 침대 하나, 그리고 책상과 옷장이 3개씩 놓여 있는 전형적인 기숙사 스타일이었다. 짐을 풀고 샤워를 하고 나오니 나와 함께 방을 쓰게 될 세희와 페이지가 도착해 있었다.

서로 어색한 웃음을 지으며 인사를 하고 악수를 나눈 순간도 잠시, 무슨 말을 먼저 어떻게 꺼내야 할지 쉽사리 입이 떨어지지 않을 것 같던 걱정은 금세 자취를 감추었다. 앞으로 1년 동안 함께 지내게 될 우리 셋은 홍조 띤 얼굴로 화기애애한 이야기들을 주고받았다. 우리를 흥분하게 하는 파슨스 그 이름 안에서.

73

못 말리는
삼총사의
기념파티

74

밤이 되자 하루 만에 한국 음식이 그리워진 세희와 나는 가까운 K마트에서 사온 전기 버너를 박스에서 꺼냈다. 부엌이 없는 이곳에서 꼭 필요할 것 같단 예상이 역시 들어맞았다며 우리는 서로 눈을 맞췄다. 세희는 어느새 커다란 트렁크를 열고 한국에서 가져온 셀 수 없이 많은 한국 음식을 꺼내왔다. 라면, 참치통조림, 장조림, 김 등 정말 없는 것이 없었다.

세희는 파슨스에 온 기념으로 파티를 열자며 페이지와 나에게 소리쳤다. 페이지와 나는 당연히 "Yeah Sure!" 하고 합창을 했고.

우리는 대만에서 온 페이지도 함께 어울려 먹을 수 있도록 어울리진 않지만 짜장 라면과 김을 메뉴로 골랐다. 그런데 한창 우리의 파티 음식이 부글부글 끓고 있는 순간, 방의 모든 전기가 나가버리는 것이었다. 아무것도 보이지 않았다!

"What's happening(무슨 일이 일어난 거지)?"

칠흑 같은 어둠 속에서 세희, 페이지와 나는 겁에 질려 아무것도 할 수 없었다. 순간 전기버너가 떠올랐다. 허용치보다 더 많은 전기를 사용해 전기가 차단되었던 결론을 내리고 R.A에게 연락해 전기가 나가버렸다고 이야기했다. 그러자 바로 1분 뒤, 경비 아저씨가 무슨 일이 있는지 확인해야겠다며 방문을 두드렸다.

이런. 전기버너 사용이 금지되어 있는 기숙사에서 우리가 라면을 끓이고 있었다는 걸 들키면 무슨 일이 생길지 모르는 상황! 우리는 약속이라도 한 듯 재빠르게 움직였다. 세희는 전기버너를 옷장 속에 숨기고 페이지가 끓고 있던 냄비를 책상서랍 속에 넣었다. 나는 크게 한번 심호흡을 한 뒤, 문을 열어 무슨 일인지 모르겠다는 의아한 표정을 지으며 빨리 전기를 연결해 달라고 부탁했다.

휴~ 천만다행이었다. 전기는 다시 들어왔지만, 책상 서랍 속에서 꺼낸 라면은 면발이 퉁퉁 불어 울상을 하고 있었다. 그래도 꼭 라면을 먹어야겠다며 세희는 퉁퉁 불은 면에 양념을 해서 세 개의 접시에 나누었다.

그것이 파슨스 첫날 우리의 입소식이었던 셈이라고나 할까?

소동으로 번질 뻔했던 파티를 마치자, 나는 내가 찍은 사진들을 책상 위에 붙이며 "나는 스티븐 마이젤 같은 포토그래퍼가 되고 싶어!"라고 소리쳤다. 각자의 꿈을 자랑하길 기다리기라도 한 듯, 세희도 페이지도 소리를 질렀다.

나처럼 한국 출신의 유학생인 커다란 눈망울의 세희는 Design & Management 전공의 신입생으로 MTV의 디렉터가 되고 싶다고 했다. 모델처럼 빼빼 말라 매일 라면을 먹어도 살이 전혀 찌지 않을 것 같은 페이지는 패션 디자인을 공부해서 안나 수이 같은 유명한 디자이너가 되고 싶다고 했다.

"하하하하! 우리 셋, 앞으로 못 말리겠다!"

어디에서 어떤 꿈을 가지고 이곳에 왔는지, 그것 말고는 서로에 대해 아무것도 알지 못했고, 앞으로 무슨 일이 일어날지 아무것도 예상할 수 없었지만, 그곳에서 우리는 서로에게 유일한 힘이었다.

그리고 함께 두 주먹을 불끈 쥐고 파이팅을 외쳤다.

77

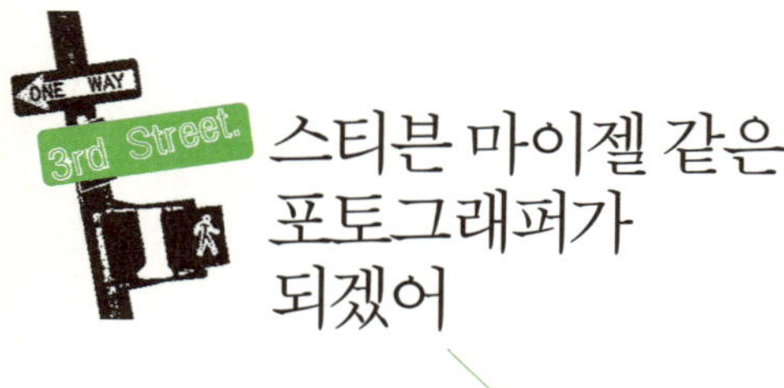

스티븐 마이젤 같은 포토그래퍼가 되겠어

목요일 아침 7시. 오늘도 어김없이 울려대는 알람소리에 힘겹게 눈을 뜬다.

아침 일찍 일어나는 건 아무리 시간이 지나도 익숙해지지 않을 것만 같아 괜한 짜증이 밀려온다. 샤워를 하고 전날 밤 책상 의자에 걸쳐놓았던 옷을 챙겨 입고 가방을 한 번 더 확인하고 기숙사를 나선다.

"One banana please(바나나 한 개 주세요)."

아침은 챙겨 먹을 시간이 없기 때문에 늘 기숙사 앞 노점상에서 25센트를 주고 바나나 한 개를 산다. 학교 가는 길목에 올라 떨어지는 낙엽들 사이를 숨 가쁘게 뛴다. 1분이라도 늦지 않기 위해서다. 익숙한 손으로 바나나 껍질을 까고 한 입 베어 문다. 매일 아침 먹는 바나나지만 뉴욕의 차가운 공기와 함께 먹는 바나나는 꽤 맛있다. 재빠른 등굣길에 늘 마주치는 흑인 노숙자 할아버지와 눈인사를 할 만큼 새로운 환경에 조금은 적응을 하게 되었지만 학교는 잠시도 나를 가만두지 않았다.

"Hey, good morning!"

포토에칭 수업이 있는 13th street에 위치한 학교 건물에 도착했다. 이 건물에선 패션학과를 제외한 모든 학부의 학생들이 수업을 듣기 때문에 항상 북적북적 정신이 없다. 발을 내딛자마자 익숙한 얼굴들과 인사를 나눈다. 같은 수업을 듣지도 않고 같은 과가 아닌데도 어느새 서로에게 익숙한 얼굴이 되어 있다는 사실에 새삼 웃음이 흘렀다.

78

목요일 아침 9시에 시작되는 포토에칭 수업은 선택과목인데 잉크로 판화 같은 프린트 만드는 법을 배우는 수업으로, 사진과 학생들보다는 파인아트나 커뮤니케이션 디자인을 전공하는 3, 4학년 학생들이 많았다. 매주 새로운 프린트 방법을 배우고 언제든 수업이 없을 때도 내 맘대로 프린트를 만들 수 있기에 별다른 부담 없이 즐길 수 있어 내가 좋아하는 클래스 중의 하나다. 포토에칭은 사진을 화학약품으로 플레이트에 새겨 음각과 양각을 이용해 사진을 찍어내는 것인데 매주 새로운 사진이 필요하다. 운 좋게도 나는 전공이 사진이라 매주 내 작품을 뽑낼 수 있는 시간이기도 했는데 오늘도 자신만만하게 프린트로 만들 내 작품들을 꺼내놓았다.

그 모습을 쭉 지켜보고 계셨는지 내게 말을 걸어오는 필립 교수님.
"이야, 너무 멋진데? 이것들이 모두 네 조품이니? 특히 모델의 눈을 정말 잘 잡아냈구나. 너는 스티븐 마이젤 같은 포토그래퍼가 되겠어!"
아아! 스티븐 마이젤이라니! 내가 가장 존경하고 좋아하는 포토그래퍼. 순간 가슴이 쿵쾅거리기 시작했다.
"저도 스티븐 마이젤의 작품을 사랑해요! 파슨스에 온 것도 스티븐 마이젤의 영향이 컸어요!"
교수님이 자리를 뜨실까봐 얼른 스티븐 마이젤에 대한 내 특별한 마음을 내비쳤다. 그러자 곧바로 교수님이 대답을 해주신다.
"하하 정말이니? 스티븐 마이젤은 나와 같은 수업을 들었던 적이 있었지."

79

80

"정말요? 믿기지가 않아요! 스티븐 마이젤이 우리 학교 출신인 건 알고 있었지만 교수님과 수업을 같이 들었다는 얘길 들으니 뭔가 기분이 묘해요! 너무너무 신기해요! 스티븐 마이젤은 학교 다닐 때 어땠나요?"

똘망똘망한 눈으로 계속해서 질문 공세를 펴대니 교수님도 어느새 내 옆에 편하게 자리를 잡으시고 말씀하신다.

"마이젤이 항상 쓰고 다니는 모자 아니? 늘 그 모자를 쓰고 다녔어. 한 번도 벗지를 않았지. 그리고 파슨스 학생치고는 옷을 잘 갈아입지 않는 편이었지. 조용한 성격이었는데 발표할 때는 참 진지했단다. 하하하."

학창 시절을 떠올리는 건 필립 교수님에게도 즐거운 일인가 보다. 교수님과 나는 수업 시간이 10분 넘게 지나도록 스티븐 마이젤에 대한 이야기를 주고받았다. 자신의 사진을 극도로 싫어하고 인터뷰도 잘 하지 않아 내게는 먼 외계에서 온 신비한 우주인 같기만 하던 스티븐 마이젤. 몇 달 전 잡지에서 애니 레이보비츠가 찍은 스티븐 마이젤의 사진을 본 적이 있었는데, 그때도 스티븐 마이젤은 교수님이 말씀하신 그 모자를 쓰고 있었다. 학창 시절에도 늘 그 모자를 쓰고 다녔었다니……. 뭔가 사연이 있는 모자인 걸까? 괜스레 아주 조금은 스티븐 마이젤의 인생을 훔쳐본 기분.

82

4시간 만에 수업을 끝내고 기분 좋게 교실을 나섰다.

다른 때보다 훨씬 가벼워진 발걸음, 자꾸만 흘러나오는 콧노래.

내가 늘 존경해 온 스티븐 마이젤과 같은 학교에 다니고 있다는 사실만으로도 설레었지만, 오늘처럼 스티븐 마이젤의 자취를 생생하게 느낄 수 있는 날은 더욱 가슴이 두근거린다.

그래, 스티븐 마이젤도 나처럼 엄청난 양의 숙제를 하며 학교에 다니는 애송이 학생이었던 시절이 있었겠지. 너무나 당연한 사실이지만 쌓였던 피곤함이 싹 사라지는 것만 같다.

그와는 만나본 적도 이야기를 나눈 적도 없지만 왠지 나와 가까운 곳에 존재하는 듯한 기분.

'나는 미래의 스티븐 마이젤!!'

깊고 깊은 가을하늘을 바라보며 마음속으로 힘껏 외쳐보았다.

그리고 다음 수업을 위해 다시 숨 가쁘게 뛰기 시작했다.

쥐 동굴
Marlton 215호의
악몽

함께 모여 과제를 할 수 있는 1층 스튜디오.

하루 일과를 마치고 돌아오면 대부분 모두 그곳에서 시간을 보내곤 하는데, 스튜디오에서 친구들과 모여 가장 많이 나누는 이야기는 다름 아닌 쥐 이야기다.

8층에 사는 아만다가 자는 도중 침대 위에 올라온 쥐에게 발을 물려 병원에 입원했다더라. 누구는 자는 도중에 얼굴이 간질거려 손으로 쳤더니 쥐가 튕겨 날라갔다더라 등등. 듣기만 해도 소름 끼치는 흉흉한 이야기들이 계속해서 흘러나왔다.

뉴욕에 쥐가 많다는 이야기는 하도 들어서 대충 짐작은 하고 있었지만 눈앞에서 쥐가 뛰어다니고 침대 위에 올라올 거라고는 예상하지 못했다. 처음으로 쥐가 나타났던 그날 밤도 우리는 "설마 우리 방에는 나타나지 않겠지?" 하고 서로의 얼굴을 보며 석연치 않은 위로를 나눈 채 잠을 청했다.

입학한 지 3일 만에 밤을 새야 할 만큼 많은 과제를 내주는 학교 덕에 우리는 누가 뭐라 할 것도 없이 모두 깊은 잠에 빠져 있었다. 그런데, 잠결에 들리는 뭔가 부스럭대는 소리. 나와 함께 2층 침대를 쓰는 페이지도 그 소리를 들었는지 어느새 내 이름을 불렀다. 서로 아무런 말도 하지 않은 채 부스럭거리는 소리에만 집중하고 있었는데 그 순간 어둠 속에서 뭔가 뛰어가는 것이 느껴졌다.

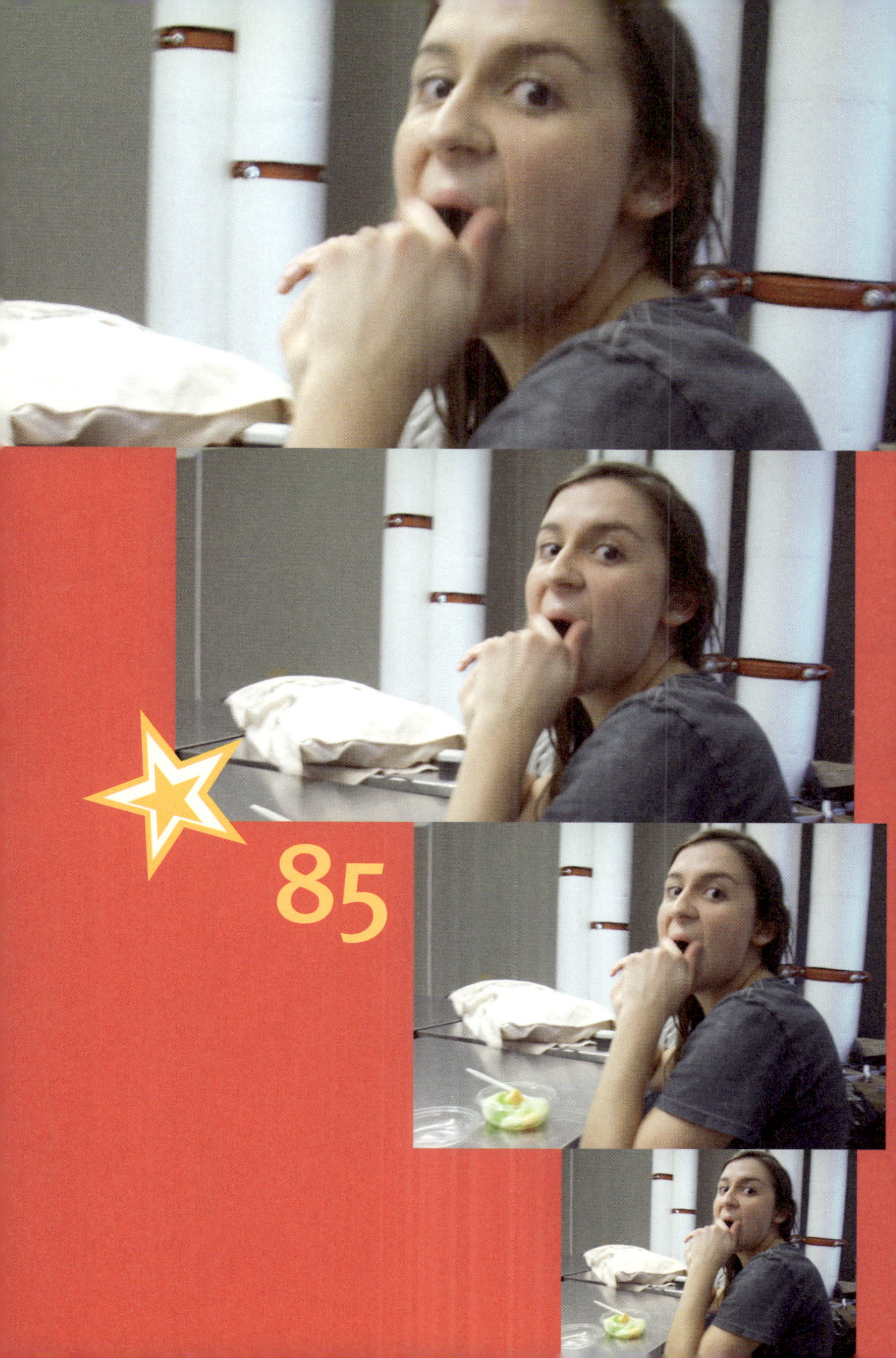
85

Illustration

분명, 틀림없는 쥐였다! 말튼 215호 악몽의 시작이었다. 공포에 휩싸인 채 겨우 불을 켜고서야 쥐가 출연한 이유를 확인할 수 있었는데 바로 그 전날 한국 음식에 목말랐던 세희가 코리아타운에서 사온 부침개가 화근이었다. 딱딱한 플라스틱 통에 들어 있었는데도 냄새를 맡고 찾아왔던 것이다. 놀란 가슴을 쓸어내리고 그때부터 우리는 쥐약, 쥐덫, 스티커 찍찍이에서 레이저까지 쥐를 없애 준다는 모든 물건들에 용돈을 쏟아부었다.

하지만 모두 허사. 한 번 출연한 쥐는 계속해서 우리 방에 놀러 왔고, 나중에는 뛰어놀다가 지쳤는지 화장실 앞에 죽어 있기도 하고, 세희 옷장 서랍 안에 똥을 싸놓고 침대 위에 오줌을 싸놓기도 하고, 숙제를 하고 있는 페이지의 발등을 태연하게 걸어가기도 했다. 나중에는 쥐가 나타나도 정말 태연자약하게 되었고, 우리 방에 함께 사는 미키마우스라고 이름까지 짓게 되었지만 쥐덫에 걸려 찍찍대는 모습은 우리를 경악시킬 수밖에 없었다.
말튼을 벗어난 지금도 나는 쥐에 대한 공포에서 벗어나지 못하고 있다. 방학 때 한국에 와서 잠을 자다가도 어디선가 쥐가 나타날 것 같아 작은 소리에도 민감하게 반응하는 노이로제는 사라지지 않았다.

하지만 쥐 동굴 Marlton 215호의 악몽. 이런 악몽도 먼 훗날엔 추억이 되겠지.
그래서 추억이란 단어는 기분이 좋다. 어떤 일들도 추억이라는 이름 안에선 행복하게 기록되니까. 나의 대학교 생활 중에 가장 기억에 남는 추억은 단연 기숙사 생활이다.
주말이면 다 함께 기숙사 라운지에 모여 영화를 보기도 하고, 〈프로젝트 런웨이〉가 방영되는 날이면 약속이라도 한 듯 모두 숙제를 미리 끝마쳐 두곤 했다.
새벽에 숙제를 하다 말고 친구들과 기숙사를 뛰쳐나와 추운 날씨에 입김을 불어가며 나눴던 이야기들. 새로운 생활에 적응하기 힘들 때면, "우리 이렇게까지 살아야 하나?" 이야기하며 눈물을 흘린 적도 있었지. 하지간 그 모든 것이 나에겐 잊지 못할 소중한 순간들이다. 살면서 또 언제 친구들과 한 건물에 옹기종기 모여 기숙사 생활을 할 수 있겠는가.

87

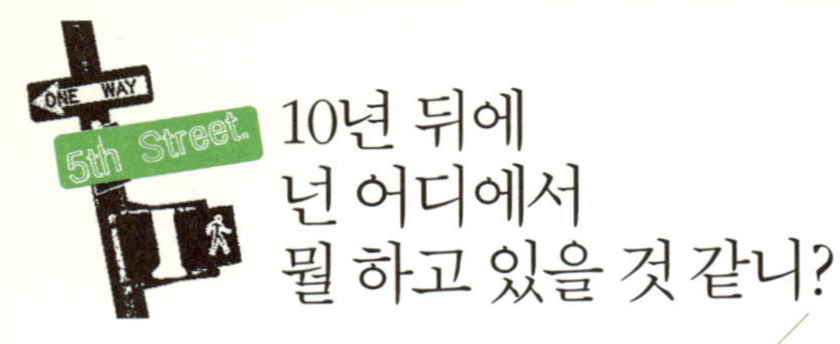

10년 뒤에
넌 어디에서
뭘 하고 있을 것 같니?

서른한 살, 사랑을 하기엔 늦은 것 같고
사랑을 포기할 수도 없는 이상한 나이
결혼은 반드시 해야 할까, 그 사람은 날 사랑할까
지금 하는 일을 계속 해야 할까, 앞으로 어떻게 살아가야 하나
일에 쫓겨 정신없이 살다 보니 어느새 서른한 살

아침 9시부터 밤 9시까지 수업을 듣고 돌아와
야마모토 후미오의 『내 나이 서른하나』를 읽다가 잠든 밤.
아침에 눈을 떠서 손에 잡히는 대로 아무거나 챙겨먹고
아침부터 소호에 있는 랩에 가서 숙제를 하고
'Image making, research & theory' 클래스에 갔다.
새로 만난 교수님은 자유분방하고 사람 좋아 보였고
열 명도 채 되지 않는 클래스의 학생 모두에게 돌아가며 묻는다.

88

"10년 뒤에 너는 어디에서 뭘 하고 있을 것 같니?"

10년 후면 나는 어젯밤 읽었던 야마모토 후미오의 책 제목처럼
딱 서른하나. 지금보다 확고한 가치관이 생기게 될 나이.
포토그래퍼가 되고 싶지만 왠지 에디터를 하고 있을 것 같다고
대답하는 학생과 이곳저곳 여행하며 사진을 찍을 거란 학생.
한 명도 같은 대답 없이 제각각이었고,
나 역시 자신 있게 대답했다.

"난 아마 지금의 스티븐 마이젤이나 크레이그 맥딘 혹은
브루스웨버 같은 자리에 선 포토그래퍼가 돼 있을 거예요!"

나에게 경쟁자 같은 건 없다.
매일매일 매시간 한 번 더 나 자신을 일으켜주자.
인생은 어차피 혼자 감당해야 하는 거니까.

청춘 사용법
아르바이트

어릴 때부터 대학생이 되면 이렇게 살아야지 하고 꿈꿔온 모습이 있었다. 학교생활도 열심히 하고 학교가 끝나면 아르바이트도 열심히 하는 24시간을 바쁘게 사는 대학생. 밤늦게 숙제를 하며 룸메이트 세희와 이런저런 이야기를 나누다가 아르바이트하고 싶은 마음을 비춰보이자 세희도 기다렸다는 듯 함께 아르바이트 자리를 찾아보자고 했다. 학교가 시작한 지 일주일쯤 지나고 나서 아르바이트 자리를 알아보기 위해 이리저리 뛰어다녔다. 전철을 타고 51가에 있는 식품점에서 인터뷰를 하기도 했고 타임스퀘어에 위치한 옷 가게를 찾아가기도 했다. 8군데나 인터뷰를 했지만, 유학생 신분으로 일할 수 있는 곳이 생각처럼 많지는 않았다. 하지만 정말 운 좋게도 기숙사에서 걸어갈 수 있는 꽤 가까운 거리에 위치한 베이커리에 일자리를 구했다. 그곳은 뉴욕대학교 옆에 위치해 있어서인지 빵 맛이 좋아서인지 항상 손님들로 북적거리고 문밖까지 줄이 끊이질 않았다. 사장님은 30대의 젊은 한국 여성이었는데 일하는 사람들은 대부분 한국이나 일본의 유학생들이었다.

하지만 막상 일을 시작하니 만만치가 않았다. 우선 일주일 동안 빵을 만드는 방법과 수많은 종류의 커피와 음료 만드는 법을 배운 후에야 본격적으로 일을 시작하게 되었다. 손님이 많아서 일은 너무나 고되고 힘들었다. 나보다 먼저 들어온 일본 아이들이 일을 가르쳐주었는데 같이 일했던 유카는 생글생글 웃는 얼굴이었지만 내가 늦게 들어왔단 이유로 은근슬쩍 나에게 일을 모두 떠맡겼다.

92

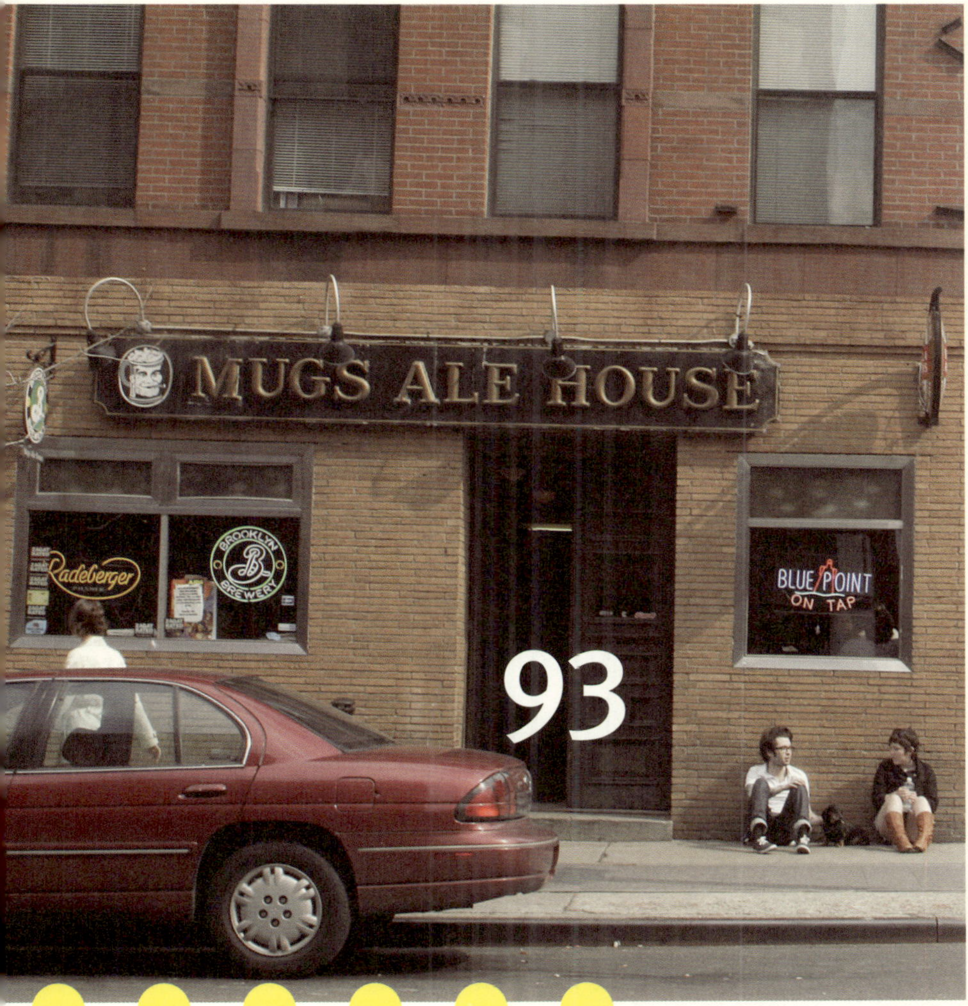
MUGS ALE HOUSE
Radeberger
BROOKLYN BREWERY
BLUE POINT
ON TAP

93

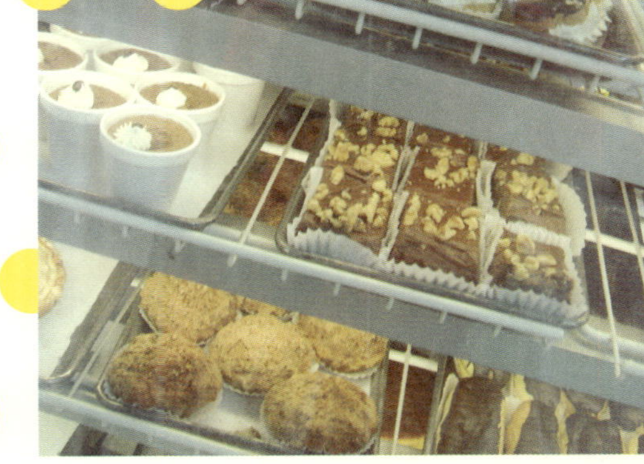

그리고 같이 일하는 사람들 중에 정말 잘생기고 멋진 일본 남자가 있어서 처음엔 신이 나서 친구들에게 자랑 삼아 이야기하곤 했는데, 매니저라는 신분 때문인지 갈수록 고된 일을 시키는 탓에 나중에는 가게에서 제일 증오하는 사람이 되었다.

뉴욕에는 생각보다 일본인들이 꽤 많았다. 일을 모두 내게 떠맡기던 유카와도 나중에는 친구가 되어 이런저런 이야기를 나누곤 했는데 27살인 유카에게는 정말 훤칠하고 매력적인 이탈리아 출신의 남자친구가 있었다. 일본에서 그를 만나게 되었고, 결국 그와 결혼을 하기 위해 혼자서 무작정 뉴욕에 오게 되었다고 했다. 남자친구 때문에 가족들을 떠나 낯선 곳으로 왔다는 이야기를 들으니 변변한 남자친구 한 번 없었던 나에겐 꼭 다른 세상 이야기처럼 느껴졌다. 하지만 밤늦게 일이 끝날 때마다 유카를 데리러 오는 남자친구를 보니 부럽기도 했다.

사람들은 정말 제각각의 꿈을 좇으며 살고 있구나 하는 생각이 들었다. 백인 남자친구와 결혼하는 꿈을 이루기 위해 낯선 나라로 온 유카짱, 브로드웨이에 서는 배우가 되기 위해 아르바이트가 끝나고 나서도 춤을 추러 가는 까칠한 성격의 매니저. 포토그래퍼의 꿈을 안고 살아가는 나. 서로 바라보는 곳은 다르지만 가장 중요한 건, 우리 모두가 뉴욕이라는 곳에서 열심히 살아가고 있다는 사실이다.

94

그때 나는 월요일부터 목요일까지는 학교 수업에 충실하고, 수업이 없는 금요일과, 주말 이틀 하루 12시간씩 총 36시간 일했다. 지금 생각해 보면 학교를 다니면서 어떻게 일주일에 36시간 일할 생각을 했는지 참 용감했다는 생각이 든다. 아무것도 몰랐기 때문에 더 거침이 없었고, 그 어떤 것도 겁나지 않았겠지.

일요일 밤 12시. 3일간의 아르바이트를 끝내고 혼자 기숙사로 돌아오는 길.
늘 노래를 불렀다. 뉴욕의 밤하늘은 별이 하나도 보이지 않을 만큼 까맣고 깊었다. 그런 하늘을 올려다보며 노래를 부르다 보면 지금 내게 주어진 젊음을 꽤 열심히 사용하고 있는 것 같아 기분이 좋았다. 무엇이든 할 수 있을 것 같은 상쾌한 기분!
그렇게 기숙사로 돌아오면 녹초가 되어 잠들었다 고된 날들의 연속이었지만 그 다음날 아침이면 학교에서 쉬는 시간마다 친구들에게 녹차라떼 만드는 법을 설명하며 자랑스러워하고 있는 내 모습을 나는 사랑하지 않을 수 없었다.

Parsons
School
of Design

특이한 사람보다 평범한 사람을 찾기가 더 어려운 곳
그나마 몇 명 안 되는 남자의 85퍼센트가 게이인 곳
겉모습은 하나같이 다 파티 몬스터들이라서 셀 수 없이 많은
파티로 가득할 줄 알았는데 수많은 과제 때문에 누구나
주말에도 평일에도 밤새는 걸 당연하게 여기는 곳
밤새 숙제를 하느라 며칠 동안 잠 한숨 못 잤어도
아무 옷이나 대충 입고 오는 사람이 한 명도 없는 곳
숙제를 안 해오거나 수업을 자주 빠지는 사람은
소리 소문도 없이 학교에서 사라져버린다는 곳
확실하고 큰 꿈을 가진 사람만이 살아남을 수 있고 그렇게
살아남은 생존자들에겐 커다란 기회가 주어진다는 곳
Parsons School of Design.

96

1년에 두 번뿐인
파슨스의 파티

이곳에 온 뒤론 "아 정말 피곤해"라는 말이 입에 붙었다. 그만큼 강도 높은 수업을 자랑하는 파슨스에서는 학업에 지친 학생들을 위해 1년 동안 딱 두 번의 파티를 개최했다. 이름하여 신입생을 위한 크루즈 파티와 할로윈 파티. 크루즈 파티는 8월 말 신입생 오리엔테이션을 시작하기 전에, 할로윈 파티는 10월 31일에 있었다. 크루즈 파티는 선상 파티여서 신입생 모두가 참석할 수 없기 때문에 빨리 예약을 하지 않으면 참석할 수 없다. 할로윈 파티 때는 코스튬 콘테스트가 열렸는데 디자인 스쿨 학생들답게 모두들 놀라운 모습으로 참석했다. 마리 앙투아네트의 드레스를 직접 제작해 여왕으로 변신한 친구, 마이클 잭슨, 미이라, 파워 퍼프걸 등 모두가 절로 감탄을 자아내게 했다. 나는 단발머리 가발을 쓰고 영화 〈레옹〉의 마틸다로 분장했다. 하지만 파티는 첼시의 어느 작은 바에서 밴드를 초청해 공연을 보고 칵테일을 마시며 이야기를 나누는 정도였다. 파티 몬스터들의 춤 실력을 마음껏 구경할 수 있을 거라는 내 기대는 완전히 빗나간 채.

두 달에 한 번쯤은 파티를 할 것이라 예상했던 건 오산이었다. 그 두 번의 파티를 끝으로 학교에서는 한 번도 파티가 없었다. 그 사실을 나중에 알았던 우리 신입생들은 마치 1년 동안 죽도록 고생할 학생들을 공식적으로 위로해 주는 행사였다고 우스갯소리를 하기도 했다. 학교가 시작한 지 3일 만에 밤을 새는 아이들이 수두룩하게 생길 정도로 이곳의 시스템은 강도가 높았다. 모든 기숙사 1층에는 학생들이 모여 과제를 할 수 있는 스튜디오가 있었는데, 스튜디오의 불은 24시간 365일 꺼질 줄을 몰랐고 아침 등굣길의 친구들 손에는 하나같이 레드불(에너지 드링크)이 쥐어져 있었다.

98

99
CAUSE ME
PAIN
SHED
SUMANE

absent
minded
CHRIS
I'M
WATCHING
YOU
100

101

REIGN OF
PLAYSUIT
BEGUN...

산 너머 산이라는 말을 실감하듯, 지각 두 번이면 한 번 결석, 15분 이상 늦었을 때는 가차 없이 결석 처리, 그리고 한 학기에 두 번 결석을 하면 바로 어드바이저에게 불려가 경고를 받게 되고, 세 번 결석 시에는 한 학기를 낙제시켜 버리는 시스템은 정말 생지옥을 경험하게 했다. 낮과 밤도 사생활도 없다는 게 이런 거로구나. 미리 과제를 해놓아도 마음 편할 날이 없었고, 정말 나의 대학생활은 과제를 한 것밖에는 떠올릴 추억이 없겠구나 하는 생각에 슬퍼질 정도였다.

친구들과 모이기라도 하는 날에는 어쩜 20대의 젊은이들이 모여서 하는 이야기가 각자 진행하고 있는 과제 프로젝트에 관한 토론뿐일까 하는 생각마저 들었다.
"난 요즘 '가족 없는 밥상'이라는 프로젝트를 진행중인데 정말 힘들어. 다음 주까지는 제대로 된 작품 5점 정도는 필요한데 큰일이야. 어제는 지하철 안 한가운데서 밥상을 세팅하고 사진을 찍는데 죽을 맛이더라. 이거 내 아이디어 정리한 건데 다들 한번 봐줘. 어때 괜찮은 것 같지 않아?"
"난 에드의 프로젝트가 맘에 들더라. 의도가 확실해 보였어. 그런데 교수님은 별로라고 생각하는 것 같지 않아? 아, 그나저나 난 내년부턴 필름 스쿨에 등록해서 영화를 공부할까 해."

차라리 수능 시험을 공부하던 고3 시절이 그리워질 만큼 힘든 생활. 앞으로 내가 이 지옥을 무사히 통과할 수 있을까? 매년 세계적인 아티스트를 배출해 내는 이곳에 입학했다고 승리를 자축할 시간 따위는 잠시도 주어지지 않았다. 하지만 정말 다행인 것은, "살아도 사는 게 아니고 웃어도 웃는 게 아니야. 여긴 학교가 아니라 공장이야. 파슨스 공단이라구!"라고 울부짖으면서도 나는 그 지옥에서 살아남을 준비가 되어 있는 뜨거운 젊은이란 사실. Cheers!

103

"난 뭔가 미래를 위해 준비를 하고 싶
시간을 낭비하면서 청춘을 보내고 싶
사진들은 어쩌면 쓸데없는 사진일지
어쩌면 그것들이 내 몇 년 뒤 미래를

"지금 네가 찍는 그 사진들을 1년 후어
찍을 수 있을 것 같니? 너는 변할 거어
너의 관심사도, 너를 자극하는 것들도
너는 미래를 걱정하기엔 아직 너무 젊
하고 싶은 것들을 계속하렴. 너는 아

. 쓸데없는 사진을 찍으며
않아요. 하지만 지금 내가 찍고 있는
모른다는 생각이 들어요.
해 줄 것 같지 않아서 걱정이 돼요."

지금 똑같은 너의 눈으로
의 관점도, 실력도,
..
다.
해나가고 있단다."

Chapter 3
Avenue to
Fashionable
Generation

스타일에 살고
스타일에 죽는다

"으악! 얼굴이 다 얼어버릴 것 같아!"

하루도 빠짐없이 새벽까지 숙제를 하다가 아침 일찍 눈을 뜬다는 건 너무나 고통스러운 일이다. 거기다 뼈가 시릴 정도로 춥고 긴 겨울이 뉴욕에 찾아오면 더더욱!

아침에 눈을 뜨면 옷을 대충 꿰어 입고서 학교에 가고 싶지만 도저히 그럴 수가 없다. 마음에 들지 않는 모습으로 학교에 가면 하루 종일 컨디션도 기분도 나빠지기 때문이다. 아무리 새벽까지 숙제를 했어도 꼭 다음날 입을 옷을 골라놓고, 액세서리와 구두까지 모두 세팅을 해놓고서야 마음 편히 잠자리에 들 수 있다.

파슨스에 와보니 이곳의 아이들은 모두가 나와 비슷한 것 같다. 어떤 수업을 들어가도 깔끔하게 정리된 머리부터 발끝까지……. 아, 정말 놀라움의 연속. 하루도 빠짐없이 완벽한 스타일링으로 무장하다니 참 대단한 아이들이다.

패션 디자인을 전공하는 내 친구 메리엘이 하루는 수업을 갔다 와서 울상을 지었다.

"수업이 아니라 패션쇼 같아. '프로젝트 런웨이'가 따로 없어. 프랑스에서 온 키 큰 남자애 있잖아. 걘 턱시도를 입고 왔다니깐!"

도대체 기가 죽어 못살겠다며 하소연하는 메리엘.

일주일 내내 밤을 새가며 옷을 디자인하고 만들어가느라 안 그래도 힘이 들어 죽겠는데, 수업에 들어가 턱시도를 입고 훌륭하게 해온 과제는 당연한 듯 자신 있게 앉아 있는 친구들을 보면 기가 죽을 수밖에 없었겠지.

110

이곳 아이들은 무한체력인 걸까? 그 많은 과제를 내줘도 대충 해오거나 안 해오는 사람이 한 명도 없다. 과제를 할 시간조차 턱없이 부족한 군대 같은 생활에서도 유행을 하나도 놓치지 않을 만큼 모두 꿰고 있고, 아르바이트까지 하는 걸 보면 가끔 친구들이 진짜로 어떻게 사는 건지 궁금해질 때가 있다. 친구들 앞에서 과제에 아르바이트까지 뛰는 걸 당연한 듯 아무렇지도 않게 이야기했지만 사실 내 몸은 거의 녹다운 상태였다. 체력 하나는 자신 있었던 내가 24시간 비실비실 병든 닭마냥 잠시 짬이라도 나면 잠을 청하기 바빴으니까.

어느 날인가는 그 전날 너무 무리를 해서 피곤한 탓에 머리도 빗지 않고 트레이닝복 차림으로 뻑뻑한 눈을 반쯤 감고 학교에 간 적이 있는데, 교수님을 비롯한 같은 반 친구들이 도대체 전날 무슨 일이 있었냐는 듯 이상한 눈으로 쳐다보는 탓에 쥐구멍에라도 숨고 싶었다.

가끔씩 각 분야에서 활발하게 활동하고 있는 아티스트들이 학교를 방문해 학생들과 이야기를 나누는 시간이 있는데, 그들이 하나같이 입을 모아 하는 이야기가 파슨스의 학생들은 놀라울 정도로 패셔너블하다는 것이다.

아무리 추운 겨울이라도 이곳 아이들은 코트 안에 얇은 옷을 입고 있다. 가을 재킷을 입고 춥지 않은 척 버티는 아이들도 있고, 눈보라가 치는 날에도 꿋꿋하게 치마를 입는 아이들도 많다. 보통의 대학생들과 가장 다른 점은 무난하고 뻔한 유행을 좇지 않고 자기 멋에 사는, 그야말로 스타일에 죽고 스타일에 산다는 것.

111

112

덕분에 나는 다리가 얼어붙어도, 얼굴이 시려도 돔이 뚱뚱해 보이는 방한복은 사지도 입지도 않는다. 패셔너블한 모습을 위해서라면 추위도 그 무엇도 두려워하지 않는 이곳 아이들의 모습은 어쩌면 자기 자신에게 자신감을 부여하기 위한 하나의 방법이 아닐까? 새로운 것을 만들어내야 하는 아티스트에게 제일 중요한 건 역시 자신감이니까. 아무리 희한한 옷을 입어도 누구 한 명 이상한 눈초리로 쳐다보지 않는다. 영하의 날씨라는 오늘도 나는 까만 스타킹 위에 반바지를 입고 빨간 하이힐을 신고서 학교에 간다. 그 누구도 "Aren't you cold(너 춥지 않니)?"라고 묻지 않는다.

113

115

116

117

118

119

121

122

123

127

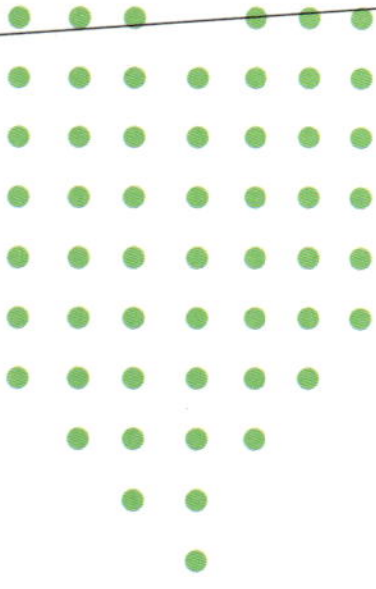

129

nothing but
e hard on

131

133

난 오늘보다 내일 더 괜찮은
오늘 찍은 사진보다 내일 니
어제 만났던 사람보다 나는
더 행복한 사랑을 주고 싶어
이 모든 마음들엔 욕심보다

난 그렇게 믿을래.

람이 될 거야.
더 멋진 사진을 찍을 거야.
일 더 멋진 사람을 만나서

망이란 단어가 더 어울려.

Chapter 4
Avenue to
Passion

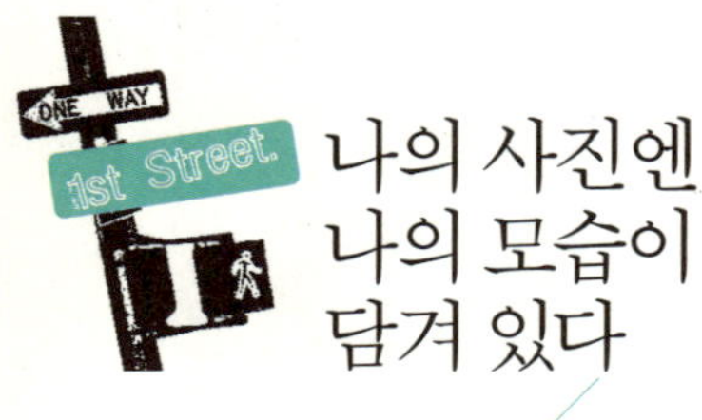

나의 사진엔
나의 모습이
담겨 있다

"나는 심각한 것도, 슬픈 것도, 어려운 것도 싫어요."

나의 말에 레이머 교수님께서 말씀하셨다.

"매주 너의 사진 속에서 너는 어른이 되기도 하고, 어린아이가 되기도 해. 네 안에 너무나 많은 생각들과 네가 알 수 없는 너의 모습이 존재하고 있기 때문이란다. 너는 혼자 강가에 고기를 잡으러 나온 어린아이와도 같아. 어른이 된다는 것은 두렵고 겁나는 일이지만, 완벽하게 자신만의 울타리를 하나하나 만들어나가고 있는 너의 모습들은 네 사진에 고스란히 담겨 있단다."

"Soorin, good job. And you are very smart!"

140

141

'아 도대체 난 나중에 뭘로 먹고 살아야 하지?'

갑자기 생각났지만, 오랫동안 나의 마음속에 뿌리 깊은 사랑니처럼 박혀 있던 질문.

간결한 질문 하나에서 지금 당장은 답을 알 수도, 알아낼 수도 없는 고민과 걱정거리들이 하나씩 꼬리를 물고 늘어지기 시작한다.

'대학 졸업하면 비자는 어떻게 해야 하지? 9.11 사건 이후로 취업비자는 거의 받기 어렵다던데.'

'한국 남자랑 꼭 결혼을 해야 하나? 내가 결혼하고 싶은 사람이 외국 사람이면 그때는 어떻게 하지?'

'이렇게 공부할 것도 배울 것도 많은데 졸업할 때까지 열심히 공부한다고 해서 과연 내가 사회로 나갈 준비를 충분히 끝마칠 수 있을까?'

'그냥 한국으로 돌아가서 가족들과 같이 살고 싶기도 해. 그냥 한국으로 돌아갈까? 에이 아니야. 그러기엔 여기 벌려놓은 일이 이렇게 많은데 어떻게 돌아가겠어. 아냐, 돌아가는 것도 나쁘지 않을 거야. 난 꼭 대한민국에 필요한 사람이 되고 싶어.'

143

144

행복하냐고 스스로에게 물었을 때,
내 손에 카메라가 들려 있는
그 순간까지는 망설임 없이 행복하다고……

'난 어떻게 먹고 살아야 하지?'

짧고 간결한 이 문장 하나가 떠오른 순간,

내 몸의 일부와도 같았던 카메라가 갑자기 짐처럼 느껴지기 시작한다.

잠시 눈을 감고 발코니에서 불어오는 바람 소리에 가만히 귀를 기울여본다.

지금 나는 잔잔한 이 바람 속에 서 있는데, 그 안의 나는, 내 가슴속은

온갖 생각과 질문들로 가득 차 소용돌이치는 폭풍전야 같기만 하다.

마음의 창을 열어 뒤엉킨 그 어지러운 생각들을 바람 속으로 훌훌 날려 보낸다.

'있지. 지금의 나는, 누가 뭐래도 사진을 찍는 순간이 가장 행복해. 어떻게 먹고 살아야 할지를 생각하면 걱정이 돼서 잠도 안 오지만 그래도 나는 사진을 찍어야겠어. 굶어죽기야 하겠어? 돈이 떨어지면 목에 카메라 걸고 그랜드캐니언 가서 관광객들 사진이라도 찍지 뭐. 아니면 난 그림도 잘 그리니까 사람들 얼굴을 그려줘도 좋아할 거야.'

'수린아, 지금 행복하니?'

'응. 사진을 찍을 수 있어서, 그림을 그릴 수 있어서 나는 행복해.'

'행복해? 그럼 그걸로 된 거야.'

행복하냐고 스스로에게 물었을 때,

내 손에 카메라가 들려 있는

그 순간까지는 망설임 없이 행복하다고

활짝 웃으며 대답할 수 있는 내 가슴속의 열정.

고민의 실타래는 그 열정에 모두 태워버린 채

새롭게 거듭나는 거야.

반듯하게 접힌 손수건을 펼쳤을 때처럼

이제 내 가슴에선 싱그러운 향이 난다.

라이언 맥긴리 스튜디오에서 일하게 되다!

학교 수업이 끝난 밤 8시. 그러나 집으로 돌아가기엔 이른 시간이다. 과제를 미리미리 해두지 않으면 감당할 수 없는 양이 돼버리므로 수업이 끝나고도 학교에 남아 과제를 해야 한다. 오랜 시간이 걸려 과제를 끝내도 늘 편치 않은 기분에 시달리는 건 이곳에 온 뒤부터는 당연한 일이 돼버렸다. 잠깐 짬을 내어 배고픔을 달래기 위해 친구들과 학교 앞 카페에 모였다. 입 안에 달콤하게 퍼지는 바나나 향. 숙제하다 먹는 야식은 언제나 달콤하다.

"라이언 맥긴리라고 알아? 휘트니 뮤지엄 사상 최연소 개인전을 연 사진작가인데, 스티븐 마이젤 이후로 나에게 가장 큰 감동을 준 사진작가야. 정말 요즘은 밤에 자려고 눈을 감아도 라이언의 사진들이 아른거려. 시켜만 준다면 라이언 맥긴리의 쓰레기통을 비우면서라도 라이언의 사진을 보고 싶다."

뭐든 한번 빠져버리면 계속해서 그 생각밖에 할 수 없는 성격 탓에 나는 밤마다 라이언 맥긴리의 인터뷰를 읽고, 언젠가 라이언 맥긴리에게 보내게 될지도 모를 온라인 포트폴리오를 만들며, 라이언 맥긴리의 작품들을 보고 또 보았다.

Ryan McGinley. 파슨스를 졸업하자마자 24세에 휘트니 뮤지엄 사상 최연소의 나이로 개인 전시회를 가진, 이 시대 가장 핫한 사진을 만들어내는 젊은 사진작가.

내가 처음 라이언 맥긴리를 알게 된 건 젊은이들이 발가벗은 채로 숲속을 뛰어다니는 모습을 담은 그의 사진을 접했을 때다. 순간 나는 말로 표현할 수 없는 신선함과 전율을 느꼈다. 라이언 맥긴리의 사진이야말로 그 어떤 사진보다 자유롭고 절제되지 않은 인간의 심연을 절실하게 표현해 내는구나 싶었다.

어디론가 떠나고 싶은 충동, 더 자유로워지고 싶다는 욕망을 만들어내는 라이언 맥긴리의 사진에 나는 점점 빠져들었고, 라이언 곁에서 그의 작품을 더 가까이 느끼고 그에게 많은 것을 배울 수 있다면 얼마나 좋을까 하는 생각으로 가득했다.

바나나 향이 가득한 케이크를 먹다 말고 한숨을 내쉬었다. 나에겐 너무 멀어 보이기만 하는 것들……. 라이언 맥긴리 역시 그중 하나였다. L트레인을 타고 집으로 돌아오는 길. 밤 11시가 넘었는데도 지하철 안은 사람들로 북적였고, 나는 달리는 지하철 안에서 결심을 했다. '어떤 일이든 시작하기 위해서는 큰 용기를 필요로 한다. 지금 나에게는 그 용기가 필요한 시기임이 분명해!'

며칠 후, 이곳저곳에 전화를 걸고 수소문한 끝에 라이언 맥긴리의 스튜디오를 찾아냈다. 스튜디오 앞에 도착했지만 쉽사리 문을 두드릴 수는 없었다. 가슴에 안고 있는 포트폴리오는 무거웠고 뜨거운 햇볕이 계속 내리쬐고 있었다. 머릿속은 그저 멍했고 심장은 계속해서 뛰어댔다. 어서 마음을 가다듬고 들어가야겠다는 결심을 하며 반쯤 쭈그리고 건물 앞에 앉아 있을 때 스튜디오에서 누군가 나오고 있었다. 설마? 하는 마음으로 자세히 보니, 선글라스를 쓰고 있었지만 분명 라이언 맥긴리였다. 매일 밤 잠들기 전 읽었던 그의 인터뷰 기사에 실렸던 바로 그 얼굴이었다.
라이언, 그는 라이언 맥긴리였다!

148

그런 용기가 어디서 나왔는지, 나는 순간 포트폴리오를 들고 무작정 뛰어가 헤드폰을 끼고 있던 라이언의 옷자락을 잡고 소리쳤다.

"라이언, 당신은 나의 히어로예요! 당신의 스튜디오에서 일하고 싶어요!"

뒤를 돌아보며 라이언은 잠시 깜짝 놀란 얼굴을 했지만 이내 미소 지으며 이름을 물어왔다.

"파슨스에서 사진을 전공하고 있는 수린 킴이라고 합니다! 라이언, 당신이 내 앞에 서 있다니 꿈만 같아요!"

"하하 너 참 재미있는 아이구나, 믿기지 않는다니. 어쨌든 나도 네가 어떤 사진을 찍는 사람인지 궁금하구나. 그러면 다음 주 수요일 2시까지 스튜디오에 인터뷰하러 올 수 있니? 아, 그리고 포트폴리오도 가지고!"

"YEAH SURE!!"

나도 모르게 고개를 숙여 한국식 인사를 했다. 꼭 이렇게 중요한 순간이면 나도 모르게 한국식으로 고개를 숙이게 된다.

라이언은 뒤돌아 나에게 손을 흔들며 사라졌다.

사진으로만 보았던 라이언 맥긴리. 직접 눈앞에서 본 그의 모습은 생각보다 훨씬 멋졌다. 큰 키에 매력적인 파란 눈, 빈티지 선글라스를 쓰고 가벼운 운동화를 신은 그는 영락없는 젊은 뉴요커 스타일이었다.

일주일 내내 나는 무슨 옷을 입을지, 무슨 이야기를 할지, 내 작품들 중에 어떤 것들을 보여야 할지, 제스처는 어떻게 해야 할지 고민하고 또 고민했다.

드디어 수요일. 새벽부터 일어나 만반의 준비를 마친 후, 지하철을 타고 라이언의 스튜디오로 향했다. 터질 것만 같은 가슴은 좀처럼 진정되지 않았다. 혼자 열렬히 짝사랑하던 남자친구와 데이트를 하게 됐을 때보다도 훨씬 많이!!

심호흡을 하고 벨을 눌렀다.

楓葉林
男女
香味
竹品

“누구세요?”

“아, 인터뷰하러 왔는데요.”

“누굴 만나러 온 거죠?”

“라이언 맥긴리와 인터뷰를 하러 왔어요.”

문을 열자마자 가장 먼저 눈에 들어오는 것은 벽에 붙어 있는 라이언 맥긴리의 사진들.

“지금 라이언은 잠깐 나가서 10분 뒤에 돌아올 테니까 우선 나한테 포트폴리오를 보여 줄래요?”

라이언의 스튜디오 매니저 마크가 자신을 소개했다.

“사진을 보니 재능이 많은 것 같네요. 라이언도 좋아할 거예요. 걱정 말아요. 라이언은 지금 오고 있으니 조금만 기다려요.”

152

정확히 15분 뒤, 처음 봤던 모습과 똑같은 헤드폰에 선글라스를 끼고 등장한 라이언 맥긴리가 들어와 나를 보자마자 웃으며 악수를 청한다.

"자, 다시 만나게 되어 반갑다. 어떤 사진을 가져왔는지 한번 볼까?"

그리고 사진을 한 장 한 장 넘길 때마다 그는 "이야 이 사진 정말 멋지구나", "하하 정말 재미있는 표정인데?", "어? 얘는 네 친구니? 언젠가 본 적이 있는 얼굴인걸?", "이 아이는 슬퍼 보인다. 너에게 늘 힘들다고 하소연을 하곤 하지?" 하며 마치 나와 대화를 하듯 정말 즐겁게 내 작품들을 감상해 주었다.

포트폴리오 마지막 장을 넘기며 라이언 맥긴리가 말했다.

"정말 멋지다. 멋진 작품들이야. 수고했다. 나는 네가 정말 마음에 들어."

흥분되고 떨리는 목소리로 "Really?"라는 말을 입 밖에 내뱉기도 전에 라이언 맥긴리가 다시 말했다.

"자, 오늘부터 너는 나의 일부가 되었다!'

아직도 귀에 생생한 그 말. 나의 일부.

Part of me. Part of me…….

그 말을 어떻게 잊을 수 있을까?

힘들 때마다 다시 나를 일으켜줄 에너지가 내 머릿속과 마음속 서랍 곳곳마다 저장되는 순간이었다.

내가
라이언에게
배운 것들

'나는 반짝하는 무비스타가 아니다. 지금 내게 주어진 것들은 내가 얻기 위해 끊임없이 노력한 결과들이다. 나는 사진을 찍을 때, 남들에게 어떻게 보여질지는 생각하지 않는다. 그저 내가 꿈꾸는 것들, 내가 남겨두고 싶은 모습들을 카메라에 담을 뿐이다.'

— 라이언 맥긴리

154

NO M
Ryan—
This is for
EDWIGE—
she'll pick it
up.
Dan Colen
30 September
04 November
We Look At Danger
And We Laugh
Our Heads Off
6962
berlin@peresprojects.c
155

ALTOGETHER
Hi Ryan, Marc asked me to forward these to you. I'm assuming you already know how to get to I-87 from Jersey
Take the I-87 N ramp to Albany/(RT-17 N) go 61 mi
Take exit 19 to Kingston [RT-28 Pinehill, stay in right lane]
Continue go 0.2 mi
Bear right at RT-28 W [you'll drive about an hour on RT 28]
Take 28 past Andes [you will have to turn in Andes to follow 28]
Five miles past Andes you'll take a right on County Rd 6 [CR 6, with a sign that Bovina Center, Bovina]
Go two miles, cross a bridge into Bovina Center
Take yr first left [look carefully] Bramley Mountain Rd
200 yds, fork left onto Miller Ave
2 miles take a right at the stop sign [there will be a red house]
First left Townsend Rd., drive a bit up the Rd you'll see a clearing then a yellow mailbox, an old wooden garage
this is Juliet and Julians.
RRISSEY
LIVE CONCERT
Photo by
Come Holy Spirit
your friend
FR. Bob
5/7/07
ANDREA ROSEN GALLERY IS PLEASED TO INVITE YOU
TO A CELEBRATORY DINNER & PARTY IN HONOR OF
WOLFGANG
TILLMANS
AND HIS EXHIBITION
ATAIR
AT
TILLMAN'S
BAR AND LOUNGE
165 WEST 26TH STREET BETWEEN

DON'T
TALK
TO ME
UNLESS
YOU'RE
NAKED
ASS MAN
CUSTOM
GENERIC
#1043
SANDSTONE STICKERS
MADE IN THE USA ©2004
157
PERE
PR
DAN C
SATURDAY
ODER

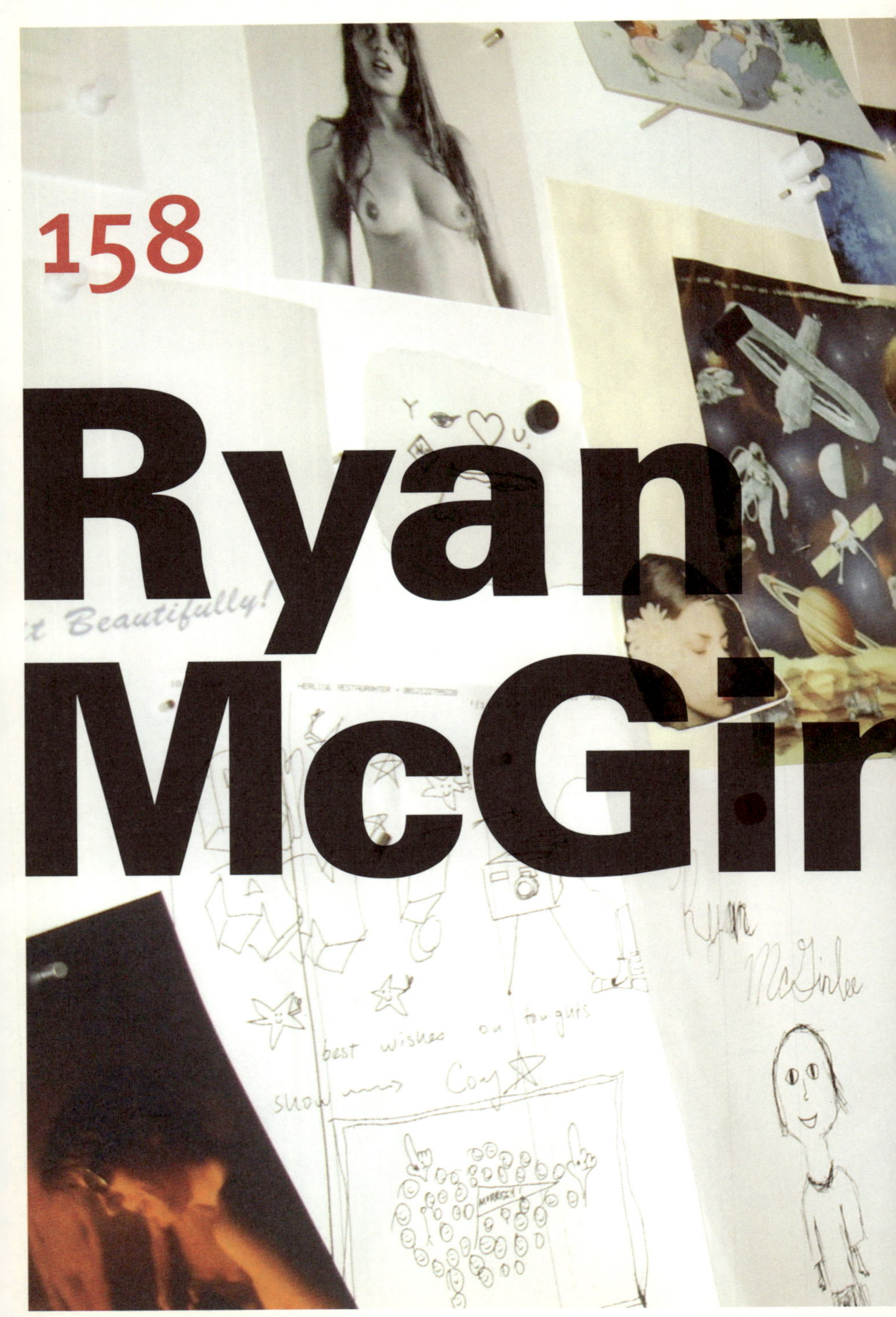

158
Ryan
McGir
best wishes on tonguis
Cony
Ryan
McGinlee

"저의 꿈은 늘 이루어졌어요. 앞으로도 계속 이루어질 겁니다."

—라이언 맥긴리

해가 짧아졌다. 수업이 없는 날엔 아침 일찍 출근해 밤 8시까지 라이언 맥긴리의 스튜디오에서 일을 한다. 고된 일과를 마치고 녹초가 되어 지하철을 세 번이나 갈아타고 집으로 돌아오는 길. 하지만 지하철 안의 북적대는 사람들 틈에 섞인 채 아이튠의 신나는 음악을 듣다 보면 피곤함은 거짓말처럼 사라지고, 내 가슴은 두근대는 에너지로 가득 차오른다. 그리고 영원한 꿈일 줄만 알았던 라이언 맥긴리와 함께 일하고 있다는 사실을 다시 떠올린다. 그토록 존경하던 당대 최고의 아티스트와 이렇듯 가깝게 지내게 될 줄이야.

내가 세상에서 가장 좋아하는 포토그래퍼 스티븐 마이젤과 라이언 맥긴리.
이 둘은 각기 다른 방식으로 나에게 영향을 준다. 스티븐 마이젤이 저 지구 밖 아주 먼 곳에서 손을 흔들며 나에게 열심히 뛰어오라고 이야기하는 신적인 존재라면, 라이언 맥긴리는 아직 다 완성되지 않은 '김수린'이라는 찰흙 같은 존재를 주물럭거려 구체적인 모양이 만들어지도록 직접적인 영향을 끼치는 존재라고 할 수 있다.
나는 섹슈얼한 누드 사진들을 싫어한다. 아니 싫어한다기보다 그닥 관심이 가질 않는다. 그래서 그 대단하다는 아라키 노부요시의 사진들에도 영 흥미가 없다. 그런데 참 아이러니하게도, 늘 옷 벗은 모델들의 모습을 담는 라이언의 사진들은 사랑스럽기만 하다. 라이언의 사진은 마치 꿈속의 한 장면처럼 몽환적인데 그 중독성이란 말로 표현할 수가 없다. 지겨울 정도로 그의 사진을 봤는데도 계속 보고 싶다. 새하얗고 뽀송뽀송한 냅킨이 식탁에 쏟아진 물을 한순간 다 흡수해 버리듯 그의 사진은 보는 이의 마음을 흠뻑 적셔버린다.

160

그의 사진들은 자유롭지만 그 사진들로 '그'를 알 수는 없다. 라이언은 자신이 보고 싶은 광경들을 만들고 연출하여 사진을 찍지만, 사진 속에서 라이언 자신의 색깔과 모습은 철저하게 배제되어 있다. 라이언은 우울하거나 슬픈 모습을 담는 것엔 조금도 흥미가 없지만, 그렇다고 해서 자신의 삶이 늘 그런 것은 아니라고 이야기했다. 그 점이 내 취향과 딱 들어맞았다. 나 역시 우울한 감성, 기분을 다운시키는 어두운 색깔에는 영 끌리지 않는다. 아마도 세상을 밝은 눈으로 보고 싶어하는 나의 낙천적인 성격 때문이리라. 나는 청량하고 알싸하게 마음을 잡아끄는 색감이 좋다. 슬픔과 고통의 한가운데 있을지라도 한 장의 강렬한 사진이 우리 삶을 자극시키고 살고 싶어지게 만들 수 있다고 감히 장담한다.

많은 것들을 라이언에게 배워가고 있지만, 무엇보다 가장 크게 깨달은 것은 자신이 진정으로 하고 싶어하는 일을 한다는 것 자체가 행복이자 성공이라는 사실이다.
모두에게 공평하게 주어진 '젊음'이라는 큰 선물을 어떻게 이용할 것인가.
이 시대 가장 젊은 사진을 찍어내는 미남 포토그래퍼, 라이언 맥긴리 곁에서 나는 그 해답을 발견하고 있는 중이다.

스물한 살, 그것만으로도 나는 충분하다.

열정, 우리를 하나로 묶어주는 단어

"Loan을 받고 있는 사람 손들어봐!"

교수님의 질문에 15명 중 11명이 손을 들었다. Loan은 미국의 대학에서 학생에게 돈을 대출해 주는 제도로 학교를 졸업하자마자 일을 해서 갚아야 한다. 대부분의 친구들은 주말이나 학교 스케줄이 비는 시간에 아르바이트를 해서 용돈을 쓰고 있으며, 매우 독립적이었다. 보통의 미국 대학생들이 그렇듯 이곳 친구들은 스무 살이 된 자신들을 부모님의 둥지를 벗어난 독립체라고 생각하고 있었고, 부모님과 함께 살면서 학교에 다니는 사람은 거의 없었다. 자신이 원하면 무엇이든 도전하고 겁내지 않는 배짱 좋은 아이들이 대부분이었다. 나는 그런 친구들이 너무 좋았다. 나 역시 스스로를 항상 독립된 개인이라고 생각해 왔고 가능한 빨리 부모님의 도움을 받지 않고 살아가는 것이 목표이기도 했다. 아무리 힘들어도 내가 선택한 일은 고생이 될 수 없었다.

뉴욕은 물가가 정말 비싸다. 학비도 만만치 않고 부모님이 보내주시는 용돈과 주말에 아르바이트를 해서 번 돈을 합쳐도 뉴욕에서의 생활은 늘 빡빡하기만 했다. 부엌이 없는 열악한 기숙사 환경 때문에 대부분의 돈을 먹는 것에 지출해야 했고, 그나마도 제대로 된 끼니를 제시간에 챙겨 먹은 적이 거의 없었는데도 내 주머니 속은 항상 가난했다. 거기에다 매주 학교에서 읽으라고 하는 책값에, 인화지, 필름, 물감, 붓 등 이것저것 학교에서 가져오라는 준비물을 사고 나면 남는 돈은 거의 없었다.

162

163

쥐가 언제 나타날지 모르는 세 평 남짓한 방에서 룸메이트 페이지와 나는 돈을 조금이라도 아끼기 위해 항상 음식 값이 가장 싼 차이나타운까지 지하철을 타고 가서 재료들을 사와서는 전자레인지로 말도 안 되는 요리를 만들어 먹곤 했다.
싸구려 식재료들과 전자레인지로 만든 음식 맛은 정말 최악이었지만, 과제 때문에 새벽 4시까지 공부하다가 먹는 야식은 꽤 맛있게 느껴지곤 했다.

뉴욕에선 머리를 자르는 가장 싼 가격이 40불(4만 원) 정도이다. 학생들에겐 꽤 큰 돈이라 남자아이들은 머리가 덥수룩해져도 몇 달 내내 머리를 자르지 않는 아이들이 대부분일 정도였다. 페이지는 또 어디서 배웠는지 머리를 자르는 데 소질이 있었다. 같은 기숙사에 살고 있는 친구들은 페이지에게 머리를 자르기 위해 우리 방을 종종 찾아오곤 했다.
"오늘은 어떻게 자를래?"
"너무 짧게는 말고, 층을 좀 낸 단발머리로 하고 싶어."
"좋았어!"
어떤 스타일을 요구해도 쓱쓱 예쁘게 잘라내는 페이지.
"도대체 그런 미용기술은 언제 배웠니?"
"대만에 있을 때 미용실에서 기다릴 때마다 보고 대충 익혔지."
대충 눈으로 배운 실력이 저 정도라니! 참으로 대단한 페이지. 이러다 곧 파마까지 시도하는 건 아닌지. 나중에는 페이지가 미용사라는 소문이 돌아서 온 기숙사 아이들이 시도 때도 없이 쿵쾅거리며 방문을 두드려대는 탓에, 페이지는 울상을 지으며 방에 없는 척 연기를 해야 할 정도였다.

파슨스에 오기 전, 이곳 아이들은 쉬는 시간마다 프라다 매장에서 쇼핑을 하는 학생들 뿐이라고 들었다. 하지만 정작 이곳에서 성활해 보니 그런 말도 안 되는 이야기를 누가 만들어냈을까 하는 억울함이 치민다.

살인적인 뉴욕 물가에 그 누구보다 빡빡하게 아르바이트를 하고 자신의 이름으로 고스란히 남을 빚을 학교에서 대출 받아 다닐 만큼 치열하게 살고 있는 이곳 친구들.

나의 대학생활은 MT도, 남자친구를 꿈꿀 여유도 없지만, 하루 종일 바나나 한 개로 끼니를 때워도 행복해하고, 싸구려 옷으로도 자신의 개성을 표현할 줄 알며, 그 어떤 도전도 두려워하지 않는 이곳 친구들과 함께 생활하고 있다는 사실만으로도 너무나 자랑스럽다.

페이지가 전자레인지로 만들어준 새카맣게 타버린 파스타를 먹으면서도.

책상 위로 쥐가 올라와 나와 눈을 맞췄던 그 순간에도.

All I need

차가운 바람이 계속해서 얼굴을 스친다.

이어폰을 꽂은 귀에서는 라디오헤드의 신보 'All I need'가 흘러나오고 있다. 하지만 지금은 그 음악소리가 들리질 않는다. 한쪽 손을 가방에 집어넣어 아이팟을 손에 꼬옥 쥐고서 언제라도 음악이 멈출 수 있도록 pause 버튼 누를 준비를 했다. 저 멀리 횡단보도 건너편에서 뚜벅뚜벅 가까워지는 낯익은 발걸음. 단번에 알아볼 수 있는 저 가벼운 걸음이 좋다. 그리고 멀리서 나를 응시한 채로 걸음을 재촉하다가 세 걸음쯤 남겨놓은 자리에서 손을 흔드는 그 모습도.

"오래 기다렸어?"

"아니 별로."

"그래도 기다리느라 추웠겠다. 빨리 따뜻한 데로 들어가자."

그 말을 내뱉으며 어색하지 않게 내 어깨를 한 손으로 감싸안는다.

순간 '따뜻한' 이라는 그 단어가 더 포근하게 느껴졌다.

늘 북적북적한 이곳 소호. 사람 구경보다 신나는 게 없다는 걸 잘 알면서도 오늘따라 칼바람이 유난히 날카로워 오래 걷기가 힘들었다. 우리는 약속이라도 한 듯 동시에 발걸음을 돌려 가장 가까운 카페로 들어가 자리를 잡고 앉았다.

166

2 Fifth Ave.

"오늘 캐스팅은 어떨 것 같아?"
"음. 모르겠어. 그냥…… 되면 좋고 안 되드 상관은 없으니까."
"아 날씨 정말 춥다. 그치?"
"응, 너무 추워."
"나, 캐스팅 10분에서 15분이면 끝날 거야. 기다려줄 수 있어?"
나는 대답 대신 고개를 끄덕여 보였다.

내 어깨에 손을 자연스럽게 올릴 수 있을 만큼의 큰 키, 100미터보다 더 먼 거리에 떨어져 있다 해도, 나라면 아니 어쩌면 내가 아닌 다른 사람이라 해도 한 번쯤 더 뒤돌아보게 만드는 멋진 걸음걸이의 소유자. 지금 내 옆에 앉아 거울을 보며 바람에 헝클어져버린 머리를 매만지고 있는 이 멋진 사람. 나의 소중한 친구 잭.

호호 입김을 불어 마셔야 하는 뜨거운 코로아보다
내 목에 두른 목도리보다
이렇게 차가운 바람이 부는 날씨에는
친구라는 그 단어 하나가
유난히도 따뜻한 위로가 된다.

사소한 것들이
나를
뜨겁게 한다

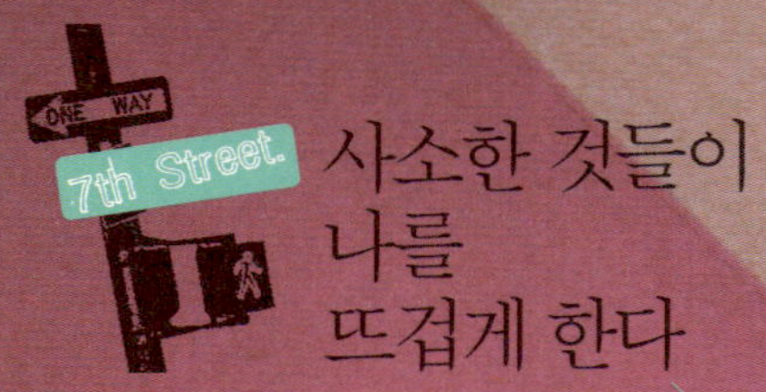

내 방 침대 옆에는 높이만 3미터쯤 되는 커다란 창문이 자리잡고 있다. 창문 밖으로는 커다란 나무들이 있는데, 창문 아래 절반은 커튼이 쳐져 있어 매일 아침 눈을 뜨자마자 창문의 나머지 윗부분으로 보이는 나뭇가지들을 보게 된다. 가을이 되면 신기하게도 새파랬던 나뭇잎들이 오렌지처럼 변하고, 겨울이 되면 그 많던 나뭇잎들이 어디로 사라졌는지 한두 개만 쓸쓸하게 흔들거린다. 매일 눈에 보이는 모습들은 그저 하나같이 그대로인 것만 같은데, 가끔씩 그런 사소한 것들이 '아, 시간은 늘 흐르고 있구나' 하고 상기시켜 준다.

나는 사진을 찍는 그 순간을 사랑한다. 하지만 무엇보다도 내가 사진을 좋아하는 가장 큰 이유는 똑같은 피사체를 두고 똑같은 카메라로 사진을 찍는다 해도 사진에는 찍는 사람에 따라 그만의 이야기가 담긴다는 점이다.

하루 일과를 모두 마치고 밤 11시가 넘어 집에 들어오는 날에도, 흐트러진 침대 위의 이불을 꼭 다시 탁탁 털어 말끔하게 정리하고, 아침에 거울 앞에서 드라이어로 머리를 말릴 때 떨어진 머리카락들을 모두 주워 쓰레기통에 버려야만 허리를 쭉 펴고 편안하게 잠들 수 있는 나.

오래된 것들을 좋아하고, 인생의 사랑은 한 번뿐이라고 믿고 있는 아직 어린아이 같은 사랑에 대한 나만의 철학도. 나의 그런 사소한 모습들마저도 사진은 거짓말을 하지 않는다.

첼시의 갤러리들을 둘러보며 전시회를 구경할 때드, 라이언 맥긴리 스튜디오에서 일을 하며 밀착프린트를 정리할 때도, 라이언이 잠깐 내주는 점심시간에 배달음식을 시켜먹으며 꺼내보는 낸 골딘의 사진집에서도, 나는 잠시나마 그들의 삶 너머를 훔쳐보는 듯한 기분으로 들뜬다.

멋진 구도, 아름다운 색감, 피사체의 표졍보다도 내 궁금증을 더 유발하는 것은 낸 골딘의, 라이언 맥긴리의, 첼시 갤러리 소속 작가들의 머릿속이다. 그들의 작품을 보면 아주 잠시, 아주 조금이나마 그들이 어떤 사람인지 짐작할 수 있다. 어떤 생각을 갖고 있는지, 그들의 관심사는 무엇인지 나는 본능적으로 느낄 수가 있다.

나는 내 사진에 담고 싶은 것들을 위해, 어떠한 인생을 의도해서 살아가기도 하고, 내 사진에 담고 싶지 않은 것들을 삶에서 철저히 외면한 채로 살아가기도 한다. 나는 그런 순간들이 좋다. 그 사소한 것들이 나를 뜨겁게 한다. 그런 작은 것들이 모여 하나의 '나'를 만들어 간다. 그로 인해 내 삶은 더욱 팽팽하게 조여진다. 또한 그 사소한 긴장감이 에너지가 된다.

엄마 생각

아침을 알리는
알람 소리에 맞춰 눈을 뜬다.
샤워를 하고 나와 젖은 머리를 채 말리기도 전에
책상에 앉아 별 맛 없이 씹어먹는
시리얼과 우유를 한 스푼, 두 스푼,
입 속으로 집어넣으며
가장 먼저 하는 일은 이메일 확인.

꽤 오래전부터 써온 나의 이메일 주소
발신자는 단 한 사람뿐인 주소인데도
어느덧 용량이 부족하니 어서 메일함을 비우라는
메시지가 뜬다.

자꾸 아파서 엄마가 걱정이 많구나.

그렇게 자꾸 감기가 걸리는 건 네가 영양이 부족하기 때문이란다.

뭐든지 잘 챙겨 먹고 잠도 틈틈이 자야 한다.

너를 너무 어릴 때 홀로 미국으로 보낸 건 아닌지,

그래서 아이가 늘 아프고 기운이 없는 건 아닌지.

엄마는 언제나 네 걱정뿐이구나.

사진이라는 길이 험하더라도 미리 걱정하고 네 앞날을 점치지 말거라.

그저 네가 지금 하는 일에 최선을 다하면 후회할 일도, 뒤를 돌아볼 일도 없을 거야.

너를 사랑하는 사람이 많단다.

너는 절대 외롭지도 힘들지도 않을 거야.

이렇게 매일 아침 단 한 사람의 발신자에게서 도착하는
이메일을 확인해 온 지도 어느 덧 7년.
메일함엔 약 2천 통의 긴 편지들.

176

서울의 엄마.

벌써 떨어져 산 지 7년이 넘었구나.

앞으로 몇 년 더 지나고 나면

함께 살아온 시간보다 떨어져 있던 시간이 더 길어지는구나 싶어

마음에 휑~ 하고 쓸쓸한 바람이 분다.

아, 인생을 80년이라고 친다면

나는 엄마 아빠와 14년이라는 시간밖에 함께 보내지 못했구나.

대학을 졸업하고 나면 엄마 아빠 곁으로 과연, 나는

다시 돌아갈 수 있을까?

돌아가고 싶어했던 순수한 그 모습으로 남을 수 있을까?

잊을 만하면 다시금 차오르는 미래의 불안감들.

아니야, 괜찮아.

감기 기운 때문에 괜히 우울해진 것뿐이야.

다시 나를 일으키고 사랑해 주자.

지금 엄마가 바라시는 건,

건강하고 밝은 김수린이니까.

"Why not me!"

3일 전, 나는 감당하기 힘든 현실과 마주한 채

"Why me(왜 하필 나인가)?" 하고 외치며 세상이 끝날 것처럼 울고 있었지.

그날 나는 세상에서 가장 슬픈 사람이었지만,

오늘 새 학기를 시작하며 모든 것들을 새로운 기분으로 맞이하려 한다.

따뜻한 유자차를 한 잔 마시며 침대에 기대 앉아

반 고흐의 편지들을 읽다가 밤 9시쯤부터 숙제를 시작한다.

숙제를 끝마치자 깃털같이 가벼운 마음으로 평화로워진다.

그리고 행복하다고 되뇌어본다.

Lolita
VLADIMIR NABOKOV
transitional poems

180

마음가짐에 따라 세상에서 가장 행복한 사람이 될 수도 있고,

가장 불행한 사람이 될 수도 있다.

"Why me?"라는 말 가운데 Not을 넣으면 "Why not me!" 아닌가?

그 단어 하나가 세상의 치열함에 자신감을 잃은 채

주저앉고 싶은 나를 토닥여주는구나.

이 세상에 예외라는 말은 없다. 모든 것에 예외라는 것은 없다.

나도, 너도, 그 누구나 세상에서 가장 행복한 사람이 될 수 있고,

세상에서 가장 불행한 사람이 될 수도 있다.

비록 다가올 내일은 알 수 없으나, 오늘 하루

내게는 맘속 깊이 간직하고도 남을 만큼의 행복이 허락되었구나.

그래, 나도 될 수 있다. 나도 할 수 있다.

181

원하는 걸
포기하지 마!

미국에서의 대학 1학년은 스트레스로 15파운드 살이 찌고, 겸손을 배우게 된다고 누가 이야기했던가. 웃음 지으며 흘려들었던 그 말은 어느 날 눈을 뜨고 정신을 차려보니 정말 현실이었다.

부엌이 없는 열악한 기숙사 환경과 모자란 시간 덕에 하루에 많이 먹어야 두 끼를 챙겨 먹는데도 과제가 너무 많아 한꺼번에 급히 먹다 보니 점점 살이 찌기 시작했다. 하지만 살이 찌는 것 따위는 고민거리가 될 수 없었다. 가진 건 자신감뿐이었던 내가 어느새 당당함을 잃은 채 소심한 겁쟁이로 변한 것이었다. 이유는 간단했다. 내 작품에 대해 좋은 이야기만 들을 수 없다는 사실.

나는 그 사실을 받아들이지 못하고 있었던 것이다. 아무리 밤을 새워 열심히 숙제를 해가도 좋은 이야기만 들을 수는 없었고, 오히려 파슨스의 수업은 잘한 것보다 고쳐야 할 점들을 먼저 이야기해 주는 식이었다. 고등학교 때는 늘 미술 클래스에서 넘버원 스튜던트였고, 졸업할 때 'Most Artistic Person(가장 아티스틱한 사람)'으로 뽑혀 졸업앨범을 장식하기도 했던 나였지만, 파슨스에 오고 보니 하나같이 뛰어난 아이들뿐이었다.

3월의 추웠던 어느 날, 수업시간이 6시간이나 되는 세미나 클래스에서 일주일 동안 열심히 준비한 과제물에 대한 비평을 받았다. 교수님은 나에게 시간을 더 투자해서 훨씬 좋은 아이디어와 사진을 만들어낼 수 있는데 노력하지 않았다고 평가했다. 교수님의 말에 다른 친구들까지 고개를 끄덕여 동의하는 걸 보니 눈물이 나올 것 같았다. 지친 몸을 끌고 기숙사로 돌아와 곰곰이 생각해 보았다. '나는 무슨 사진을 찍고 싶은 걸까?' 분명 내 머릿속에는 무언가 표현해 내고 싶은 게 존재하는데 그것이 좋은 작품이 되리란 확신이 없었다.

184

내 작품에 대해 좋은 이야기만 들을 수는 없다는 사실에 얽매여 어느새 내가 원하는 것들을 제대로 표현하지 못하고 있다는 생각이 들었다. 나는 바로 교수님께 이메일을 보내 상담을 요청했고 교수님은 흔쾌히 약속시간을 잡아주셨다.

"제가 원하는 게 분명 있기는 한데, 어떻게 꺼내야 할지 모르겠어요."

나는 어렵게 첫 마디를 꺼냈다. 그리고 파슨스에 오니 모두가 너무 뛰어나서 자신감을 많이 잃었다고도 했다. 하지만 교수님은 의외의 말씀을 해주셨다.

"네가 다른 아이들을 보고 자신감을 잃은 만큼 다른 아이들도 너를 보며 자신감을 잃었어."

185

혼자만 자신감을 잃었을 거라고 생각했던 나에겐 신선한 충격이었다. 그 짧은 순간 나는 그동안 잃었던 내 자신감의 절반 이상이 회복되는 것만 같았다.

그리고 교수님은 내 인생에서 잊지 못할 멋진 말을 해주셨다.

"네가 원하는 것을 마음껏 표현해. 하지만 모든 사람이 네 작품을 좋아할 수는 없어. 그건 내 작품도 마찬가지고 세계적인 사진작가들도 마찬가지야. 너의 작품에 대해 누군가 나쁜 이야기를 했다고 네가 하고 싶은 것을 멈추지 마. 비평을 받았다면, 비평을 받아들이고 그 시점에서 다시 한 번 시작해. 원하는 걸 절대 포기해서는 안 돼. 가장 중요한 건 누가 뭐라고 하든 끝까지 자신을 믿는 거야."

'그래, 끝까지. 누가 뭐라고 하든 내 자신을 끝까지 믿어보는 거야!'

영원한 My Hero!
라이언 맥긴리!

라이언의 스튜디오에서 일을 한 지도 꽤 시간이 지났다. 처음 일을 시작할 때와 달라진 나의 가장 큰 변화는 누드에 대한 인식이 확연하게 바뀌었다는 것. 라이언의 사진들은 대부분 실오라기 하나 걸치지 않은 모델들을 찍은 사진들이라, 처음엔 아무도 보고 있지 않은데도 그 사진들을 정리하며 괜히 혼자 얼굴이 빨개지곤 했다. 하루는 참다못해 스튜디오 매니저 마크에게 "마크, 라이언은 사진 찍을 때 창피하지 않대요? 난 너무 신기해요"라고 물었다. 되돌아온 마크의 대답.

"그게 말야. 옷을 벗는 순간은 창피하지. 옷을 벗는 모델도 사진을 찍어야 하는 라이언도. 그런데 참 신기하게도 옷을 벗은 후 아주 잠깐만 시간이 지나면, 모델들이 자기가 옷을 벗었단 사실을 다 잊어버리더라고. 그냥 그게 편해지는 거지, 자신들도 모르는 사이에. 물론 라이언도 그렇고."

How? 어떻게 그럴 수 있지? 이해가 잘 되지 않았다. 나는 매일 라이언의 사진들을 정리할 때마다 이렇게 얼굴이 빨개지는걸.

하지만 정말 마크의 말대로 조금 더 시간이 지나니 오히려 옷을 입고 있는 모델들을 신기하게 생각하게 되는 나를 발견하게 되는 것이 아닌가. 아, 익숙해진다는 게 이런 거구나 하는 생각에 슬며시 미소가 흘러나온다.

188

189

옆에서 지켜본 라이언은 늘 즐거운 사람이다. 물론, 그의 인생 하나하나까지 다 알 수는 없지만, 겉으로 보이는 라이언은 언제나 밝았다. 마틴 마르지엘라의 옷에 열광하고, 유명한 모델과 셀러브리티를 사진 찍는 것보다 길거리에서 찾은 새롭고 신선한 얼굴들에 관심이 많다. The Smiths의 음악으로 하루를 시작하며, 엄청난 독서광이다. 나도 책 읽는 걸 좋아해서 일주일에 꼭 두 권씩은 책을 읽는데, 라이언은 길을 걸으면서도 책을 읽는다. 정말 놀랐다!

아, 그리고 라이언 맥긴리 하면 빠질 수 없는 가장 중요한 아이템은 바로 자전거! 자전거가 도대체 몇 대인지 모르겠다. 뉴욕의 곳곳에 세워져 있는 자전거들 중에 라이언의 자전거가 아마도 제일 많을 것 같다. 자전거를 늘 아무 데나 세워놓고는 누군가 자전거 바퀴를 떼어갔다고 울상이다. 물론 자전거 바퀴를 고쳐오는 건 스튜디오 매니저 마크와 내 몫이다!

어느 날인가는 종이에 씌어 있는 주소까지 걸어가 내 몸집보다도 훨씬 큰 자전거를 타고 스튜디오까지 가져오라는 것이다. 나는 겁이 나서 "저 무서워요!"라고 말했더니 라이언은 특유의 미소를 지으며 "수린! 너는 할 수 있어!"라고 하는 게 아닌가. 아, 시키는 데 일은 해야겠으니 길치인 내가 헤매고 헤매서 라이언이 말한 초록색 자전거를 찾긴 찾았는데……. 내 몸집보다 훨씬 큰 자전거를 타고 차도를 달려갈 용기가 도저히 나질 않았다. 하는 수 없이 택시에 자전거를 싣고 돌아가리라 마음먹고 택시를 기다리는데, 택시에 그 큰 자전거가 실어질 리가 있나.

결국 나는 그 큰 자전거를 들고서 낑낑대며 지하철을 타고 스튜디오까지 돌아왔다는 후문. 그날 밤 집에 돌아와 엄마와 통화를 하면서 얼마나 울었는지 모른다. 힘든 일을 시킨 라이언이 야속하다기보다 자전거를 들고 뉴욕 시내 한복판에서 어찌할 바를 몰라 막막하기만 했던 그날의 기분이 잊혀지질 않아서였다.

190

LOVE
LOUDER
ELVIS
IN PERFECT LIGHT
191
POPS
saun
UNIQLO
PAPER N°2
Goldstein
IDOLS
The Kids Are Alright
THEY
EAT
SHIT

자신이 아끼는 400달러짜리 바지의 물이 빠졌는데 새로 사기엔 돈이 너무 아깝다며 염색약을 사온 라이언. 하는 수 없이 마크와 내가 스튜디오 욕조에서 두 팔을 걷어부치고, 온몸에 염색물을 들여가며 라이언의 바지를 염색했던 적도 있다. 아무튼 라이언은 전혀 예상치도 못했던 일들을 시켜서 사람을 당황하게 만들곤 한다.

그렇지만 단 한 번도 라이언을 미워할 수 없었던 건, 스튜디오에 일을 하러 가지 않는 날 아침에 가끔씩 마주치는 그의 따뜻한 모습 때문이었다.

지하철에서 라이언을 만나면 그는 마치 친현 친구라도 만난 것처럼 환한 얼굴로 다가와 나를 즐겁게 해주었다. 지하철에서 내가 내릴 때까지, 자신이 파슨스 다닐 때 기숙사에서 쫓겨났던 이야기나, 스튜디오 매니저 마크의 술 취한 모습 같은 이야기들을 들려주면서 말이다.

스물한 살, 내게 가장 큰 영향을 끼쳤던 사람이 누구냐고 물어온다면 나는 1초의 망설임도 없이 라이언 맥긴리라고 이야기할 수 있을 것 같다.

나의 영원한 우상, 라이언 맥긴리!

193

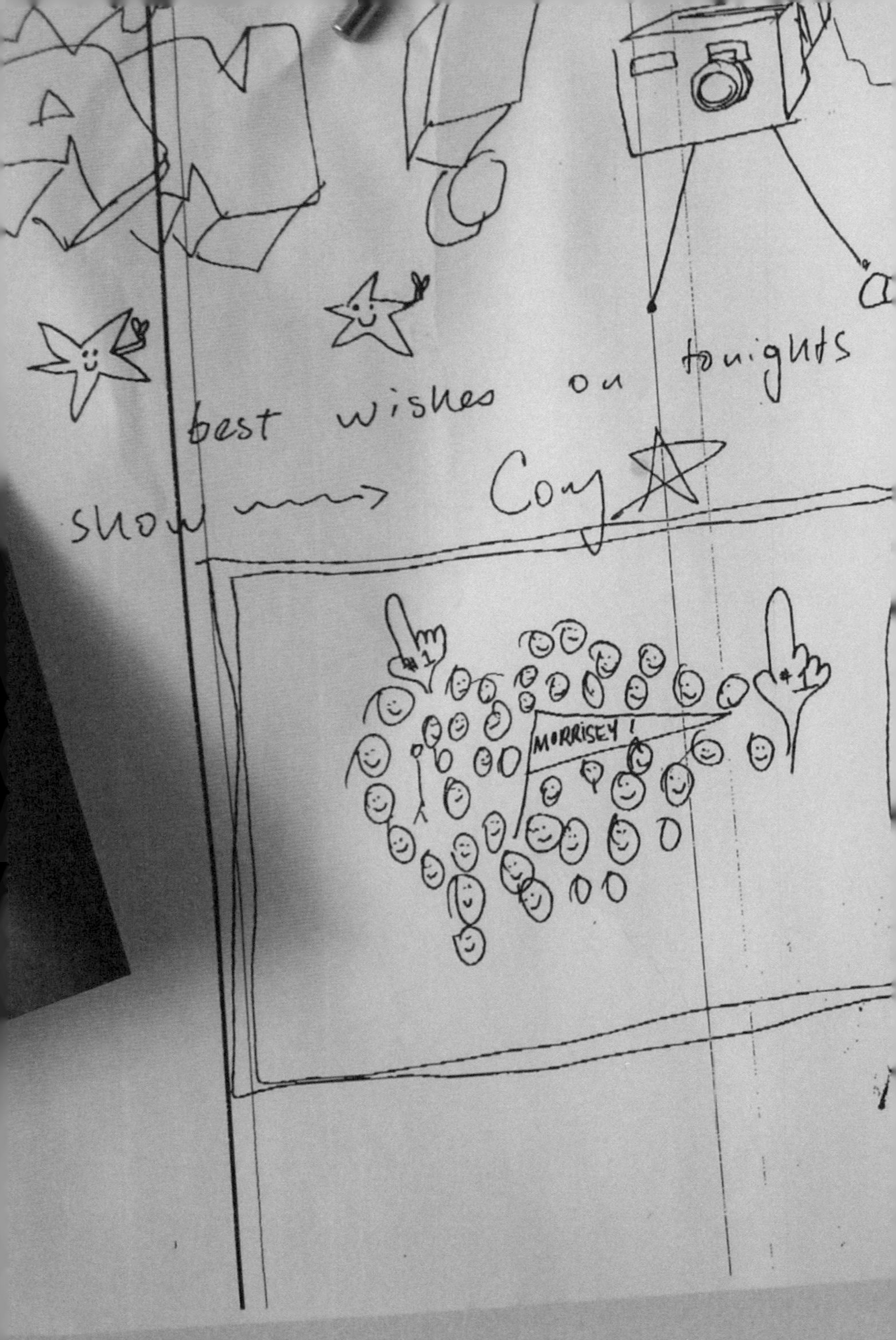

best wishes on tonights
show
Con
MORRISEY!
#1
#1

Ryan McGinlee

Hello,
the beatles!

"마크, 난 60년대에 살아보진 않았지만 비틀즈 노래를 듣고 있으면 꼭 내가 그 시대에 살고 있는 것 같은 기분이 들어요."

"그래? 난 아무리 생각해도 비틀즈가 과대평가 받았다는 생각밖엔 들지 않아. 알고 보면 그들보다 훨씬 괜찮은 음악을 하는 사람들이 많았는데 말이지."

"제발 마크! 비틀즈는 비틀즈! 그들은 비틀즈라구요!"

라이언의 스튜디오 매니저로 일하고 있는 마크와 나는 라이언이 영국으로 촬영을 가면 둘이 남아 스튜디오를 지키며 어김없이 비틀즈에 대한 논쟁을 벌이곤 한다.

비틀즈의 음악은 비틀즈이기 때문에 가능하다고 이야기하며 일할 때 비틀즈 음악을 틀길 원하는 나. 그리고 빌리 아이돌의 음악에 맞춰 춤추는 기분으로 일하기를 원하는 마크.

196

"IT'S ALL IN THE MIND Y'KNOW!"
-GEORGE HARRISON
THE FORCES OF GOOD!
APPLE FILMS presents a KING FEATURES production
The Beatles
"Yellow Submarine"
THE FORCES OF EVIL!
A DOZEN BEATLE SONGS
© Copyright 1968 The Hearst Corporation (King Features Syndicate Division) and Subafilms Limited. All Rights Reserved
ring GT. PEPPER'S LONELY HEARTS CLUB BAND

아, 비틀즈의 음악은 얼마나 감미로운가!

하루를 시작하기 위해 집을 나선 길, 이어폰에서 흘러나오는 'Do you want to know a secret' 혹은 'Hello, good bye' 는 내 발걸음을 더욱 경쾌하게 만들어주고, 하루 일과를 끝내고 돌아오는 길에 듣는 'Let it be' 나 'Yesterday' 는 지친 내 마음을 위로해 준다.

내가 비틀즈를 좋아하게 된 건 그들의 음악에 담긴 가사와 메시지 때문이다. 그 어떤 시보다도 진실하고 아름다운 노랫말이다.

인간은 누구나 언젠가는 죽게 된다는 사실에 대해 슬프다고 느껴본 적은 없었다. 나에게 있어 삶을 마감한다는 것은 마치 아주 커다란 날개를 달고 무지개가 떠 있는 곳으로 자유롭게 훨훨 날아가는 그런 의미였으니까. 하지만, 내 방 벽에 걸린 커다란 비틀즈 멤버들의 사진을 보고 있을 때면 조지 해리슨과 존 레논이 세상을 떠나 그들의 새로운 음악을 들을 수 없다는 사실이 슬퍼진다.

그 누구도 비틀즈를 대신할 수는 없다.

B-52's
wild planet
199
e
beatles
les

TERRYWORLD
TASCHEN
Men before 10 am
too !!!

작년 애니 레이보비츠의 스튜디오에서 일을 하기로 했을 때,
분명 내 꿈은 애니 레이보비츠나 스티븐 마이젤처럼
화려한 사람들에 둘러싸여 비싼 돈을 받고
그들의 사진을 찍는 유명 사진가가 되는 것이었다.
계속되는 면접과 각고의 노력 끝에 애니 레이보비츠의 스튜디오에서
가을부터 일하게 될 기회를 얻을 수 있었고
나는 정말 방학이 끝나기만을 손꼽아 기다리며
꿈에 부풀어 하루하루를 살고 있었다.
그러던 순간, 내 인생에 정말 생각지도 않았던
라이언 맥긴리라는 사람이 개입되었다.
우연히 그의 사진 한 장에 매료되어
나는 라이언 맥긴리를 수소문하고 찾아다녔다.
사진계의 전설과도 같은 애니 레이보비츠를 포기하고
처음부터 다시 면접을 본다는 것은 절대로 쉬운 결정은 아니었다.
하지만 그때의 선택은 정말 현명한 것이었다.
요즘의 나는 몇 년 후의 성공한 내 모습을 계획하거나
그 모습만을 위해 지금 이 순간을 소비하지 않는다.
그렇다고 해서 내 꿈이 전보다 작아졌다거나,
나의 열정이 사라진 거라고는 절대 생각지 않는다.

나는 여전히 젊고, 뜨겁고,
그리고 더욱 깊어졌을 뿐이다.

Chapter 5

Avenue to
Friends

N GENESIS
ELION
SONY RECORDS

짧은 머리
소녀들을
찾아서

코끝 시린 1월, 모든 것을 새로 시작하는 기분으로 뽀얗게 먼지가 쌓인 기숙사 방을 구석구석 깨끗이 정리하고는 창문을 열어 찬바람을 들이마신다.

'아, 성난 파도를 뛰어넘는 것처럼 힘들었던 1학기를 마치고 어느새 2학기로구나.'

파슨스에 온 뒤로는 시간이 흐르는 게 종종 두렵게 느껴지곤 했다. 이렇게나 배울 것이 많다면, 과연 졸업하기 전까지 내가 사회로 나갈 준비를 모두 끝마칠 수 있을까 하는 자괴감마저 들었다. 하지만 꼬리에 꼬리를 무는 걱정과 두려움도 잠시. 내게는 고민할 시간조차 사치였다.

2학기가 본격적으로 시작되면서 교수님은 학생 모두에게 이번 학기 동안 자신이 원하는 주제로 사진을 찍게 될 거라고 말씀하셨다. 첫째 주는 셀프 포트레이트를, 둘째 주에는 연출된 사진을 찍었던 식의 1학기에 비하면 자신의 색깔을 표출할 수 있는 기회가 주어진 셈이었다. 교수님의 말씀이 끝나기도 전에 설렘으로 가득 찬 목소리가 이곳저곳에서 들려왔다.

"정말 어떤 주제든지 가능한가요?"

"전 늘 찍어보고 싶은 주제가 있었어요!"

"닌자 거북이 같은 주제도 되나요?"

닌자 거북이, 좀비, 재즈 바의 뒷이야기, 타투를 하는 모습 등등, 학생 각자의 관심 있는 주제가 끊임없이 질문으로 이어졌다. 그 수많은 질문들에 교수님의 대답은 한결같았다.

"Do whatever you want(네가 원하는 게 뭐든 해봐)!"

208

210

211

212

나는 한 학기 동안 무얼 찍을까? 쉬울 것 같았는데 막상 결정하려 보니 이것저것 평소 생각해 두었던 것들이 많아 머릿속이 복잡했다. 대학에 오기 전 나는 열 명의 10대 소녀들과 작업한 적이 있었다. 각자 색다른 이미지와 개성을 지닌 10대 소녀들을 하나로 묶어주는 이미지를 표현하는 것이 나의 의도였다. 대학에 온 뒤 틈나는 대로 찍어온 사진들을 펼쳐보니 역시 소녀들로 가득했다. 순간 "I am obsessed with beauty(나는 아름다움에 사로잡혀 있다)"라고 이야기했던 로버트 메이플소프가 떠올랐다.

파슨스에 와서 내 관심을 끄는 것은 짧은 머리의 여자친구들이었다. 하지만 why? 왜 그 사진을 찍었는가 하는 질문엔 구체적인 답이 떠오르지 않았다. 길을 가다 짧은 머리 여자를 보면 늘 한 번 더 뒤돌아보곤 했던 나. 그저 내게 사진을 찍고 싶다는 생각이 들게 만드는 모델들 대부분이 긴 머리 대신 짧은 머리를 하고 있었던 것이다.

스케치북을 꺼내 머릿속에 떠도는 단어들을 써내려가기 시작했다.
Women, Stereotype, Korea, Youth, Okay, yes!
뒤엉켜 있던 머릿속을 이렇게라도 정리해 보았다.
그리고 더 많은 짧은 머리 소녀들이 필요했다. 물론 짧은 머리를 한 소녀들은 많겠지만 진정으로 내 마음을 사로잡는 모델을 찾는 것은 쉽지 않았다.
영어 수업을 들으러 갈 때, 친구들과 소호에 점심을 먹으러 갈 때, 워싱턴 스퀘어파크에 눈싸움을 하러 갈 때, FIT 뮤지엄에 전시를 보러 갈 때도, 어디서 무얼 하든 내 신경은 온통 짧은 머리 소녀를 찾는 일에 쏠려 있었다. 언제 어디서 마음에 드는 모델을 만날지 정해져 있지 않았으므로, 눈에 띄는 모델이 발견되면 주저 없이 달려가 내 명함을 내밀며 모델이 되어달라고 부탁하곤 했다. 쓸 일이 별로 없을 거라 생각하고 한국에서 만들어온 내 명함이 지갑에서 한 장씩 줄어들고 있었다. 몇몇을 제외하고는 대부분 흔쾌히 내 모델이 되어주었고, 마음에 쏙 드는 모델을 찾는 일은 사진을 찍는 것만큼이나 신나고 즐거운 일이었다.

never know what's got for me
A1 Moshotes
I SMILE
HI I'M JESSEEEEE
ESSEEE
we
nothing but luck hard not to be hard on myself
Too shy..?
stone my listen, eavesdrop. die
something
GENESIS
NOITON

사진을 찍으며 제씨, 리지, 줄리아, 데니엘라 등 긿은 친구들을 알게 되었지만, 그중에서도 가장 가까워진 건 제씨였다. 그 누구보다 짧은 머리가 잘 어울리는 제씨는 뉴욕의 롱아일랜드에서 태어나 쭉 그곳에서 자랐는데, 퍼션 디자이너를 꿈꾸는 소녀답게 굉장히 패셔너블하고 사랑스러운 친구였다. 내 카메라 앞에서 제씨는 너무나 자유로워 보였고 타고난 포토제닉감이었다.

제씨와 나는 시간이 날 때마다 야파 카페에서 맛있는 스파게티로 배를 채우다가 수업 시간까지 5분이 남았다는 걸 알고는 학교까지 숨 가쁘게 뛰어가며 뉴욕이 떠나갈 만큼 큰소리로 웃어대곤 했다. 가끔 과제 때문에 쌓인 스트레스를 풀기 위해 목요일 밤 10시 기숙사에서 뛰쳐나와 클럽에서 신나게 춤을 추며 금요일에 수업이 없는 사람만이 누릴 수 있는 특권을 함께 누리기도 했다.

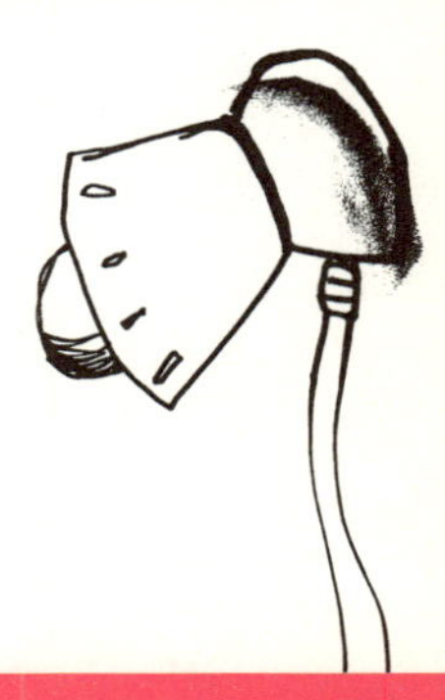

217

218

219

220

짧은 머리 소녀들을 찾아 헤매다 보면 가끔씩 웃지 못할 에피소드가 생기곤 했다. 명함을 내밀며 모델이 되어달라고 하는 나를 레즈비언으로 오해하는 사람도 있었고, 카메라를 들고 한창 사진 찍기에 빠져 있을 때면 주말에 시간이 있냐고 물어오거나 여자친구가 있냐며 적극적으로 다가오는 소녀들도 있었다. 짧은 머리 소녀들 중엔 레즈비언이 많았는데 나 역시 짧은 머리를 하고 있어서인지 학교에서도 친구들에게 레즈비언이냐는 질문을 받은 적이 많았다. 처음엔 여자를 좋아한다는 것이 신기하기만 했는데, 많은 이야기를 주고받다 보니 그들 역시 이성을 좋아하는 나와 다를 것이 없다는 생각을 갖게 되었다.

'짧은 머리 소녀들' 이란 주제로 사진을 찍으며 발견한 모델들을 통해 나는 예술적 영감을 발견할 수 있었고, 2학기 말 떨리는 마음으로 교수님들과 학생들 앞에 공개한 'Girls With Short Hair' 프로젝트는 성공적이었다. 무엇보다 프로젝트가 끝날 때쯤 나에겐 소중한 친구들이 더 많이 늘어나 있었다.

DONT GET OFFENDED IF
I Seem like absent
minded
NICOLE.M
PARIS NEW YORK 2008
Keep telling
me

Don't Worry
Be Happy

파슨스 생활에 익숙해지면서 평생을 함께 하고 싶을 정도로 마음이 잘 맞는 친구들도 많이 생겼다. 곁에서 지켜본 그들은 항상 '해피' 하다. 뉴욕의 살인적인 물가에 시달리고, 집세를 벌기 위해 학교가 끝난 뒤엔 밤늦게까지 아르바이트를 뛰는 그들이지만 한 번도 힘들다거나 그만두고 싶다는 말을 꺼내는 걸 본 적이 없다. 파슨스에서 만난 친구들이 가장 멋졌던 것은 세상 사람들이 정해놓은 일반적인 가치관에 흔들리지 않을 때였다. 자기만의 세계, 자기만의 색깔 속에서 행복을 찾는 아이들!

릴리는 한국에서 입양된 친구인데, 늘 내게 한국에 가고 싶다고 이야기한다. 릴리의 작품들을 볼 수 있는 웹사이트에는 릴리가 써놓은 자신의 소개가 있는데, '나는 한국 의정부에서 태어난 지 7개월 때 미국으로 입양되었다. 그 후 쭉 프로비던스에서 살다가 지금은 파슨스에서 사진을 공부하고 있다' 라고 씌어 있다. 처음엔 꽤 놀랐다. 자신의 웹사이트에 꼭 쓰지 않아도 될 사실을 너무나 당당하게 써놓았기 때문이었다. 열등감 없이 자신을 Korean이라고 늘 이야기하며, 한 번도 가보지 않은 한국을 사랑할 수 있는 릴리. 이제 그녀는 나와 가장 가까운 친구 중 하나가 되었다.

223

224

제씨는 남자를 좋아할 수 없는 레즈비언이다. 처음엔 레즈비언이나 게이들을 별로 만나본 적이 없어서 어떻게 대해야 할지 고민이었다. 아무 말이나 내뱉었다가 그들에게 상처가 될지도 모른다는 두려움 때문이었다. 어느 날 제씨와 늦은 점심을 먹으며 이런 저런 대화를 나누다가, 자기가 레즈비언이라는 사실을 알고 충격을 받아 여동생이 그 뒤로 말을 하지 않는다는 이야길 꺼냈다. 늘 만면에 웃음을 가득 담고 있는 제씨는 그런 이야기를 하면서도 "언젠간 화가 풀리겠지 뭐"라며 씽긋 웃어 보였다.
아빠가 70년대 유명한 가수인 딜런에겐 배다른 누나, 형, 동생들이 모두 합쳐 열 명이나 있다고 했다. 하지만 페인팅을 좋아하는 딜런은 "그림을 그릴 수만 있다면 그런 사실이 뭐가 중요해?"라고 아무렇지 않게 이야기하곤 한다.

무엇이 옳은 것이고 무엇이 옳지 않은 것일까? 어쩌면 세상에는 옳고 그른 것이 없을지도 모른다. 입양아라는 것이 왜 슬픈 상처여야 할까? 배다른 형제들이 열 명이나 있다는 게 왜 깜짝 놀랄만한 사실이어야 하는지, 왜 레즈비언이나 게이가 평범한 인생을 살지 못할 거라고 사람들은 편견을 갖고 있는 걸까?

226

그 어떤 상황도 받아들이기 나름이며,
그저 자신만이 가진 특별한 이야기쯤으로 생각하는 아이들.
대학 졸업 후에는 어느 곳에 취직이 될지
어떤 인생을 살게 될지 조금의 두려움도 없는 아이들.

늘 크게 성공하여 멋진 삶을 살겠다는 생각으로 가득 차
사소하고 작은 행복들을 보지 못했던 어리석은 나를
그들은 완벽하게 바꾸어놓았다.
성공의 잣대란 세상에 존재하지 않으며
그저 하루하루를 크고 작은 행복 안에서 기뻐하며 살 수 있다면
그것이 진정한 삶인 것을.

천근만근 지친 몸을 이끌고 어깨에 무거운 가방을 맨 채
지하철을 타고 집에 돌아오는 길,
그들이 나의 친구임에 감사했고 행복했다.

괜찮은 남자는 모두 게이야

대부분의 신입생들이 대학 입학을 앞두고 새로운 친구들(그러니까 새로운 이성 친구)을 만나게 될 것을 상상하며 행복한 시간을 보낸다. 하지만 나는 예외였다. 파슨스에는 남자보다 여자가 훨씬 많다는 것과 그나마 몇 안 되는 남자들의 85퍼센트가 게이라는 사실을 입학 전에 전해들은 후 멋진 남자친구가 생길 거라는 희망을 아예 접어버렸다. 그리고 역시나 이곳에 와보니 기대를 안 한 게 다행이구나 하는 생각이 들었다.

수업에 들어갈 때면 언제나 훤칠한 키, 잘생긴 얼굴, 그리고 완벽하게 스타일리시한 남자아이들이 꼭 자리를 차지하고 앉아 있었지만 그들이 웃으며 건네는 하이톤의 "Hi?" 한마디만으로 환상이 깨지기엔 충분했다. 또한 파슨스에 다니는 여학생들 중에 남자친구가 있는 사람을 찾기란 생각보다 쉽지 않았다. 그도 그럴 것이 파슨스에 다니는 남자들이 하나같이 모델 같은 외모와 스타일리시한 차림이다 보니 밖에서 만나는 웬만한 남자는 눈에도 안 들어온다는 것이 여자친구들과 내가 함께 내린 착잡한 결론이었다.

첫 수업이었던 드로잉클래스에서 가장 급속도로 친해진 나의 첫 번째 게이친구 프랭코. 밤에 프랭코와 함께 숙제를 하다가 기숙사 앞 워싱턴 스퀘어파크에 가서 아이스크림을 사먹으며 수다를 떨곤 했다. 그럴 때면 프랭코는 서슴없이 게이들의 일상에 관해 흥미진진한 이야기들을 들려주었다. 공원에서 만나기엔 너무 추웠던 어느 날 프랭코의 제안으로 우리는 프랭코의 기숙사 방에 가서 DVD를 보면서 놀기로 했다. 기숙사까지 가는 길에 프랭코는 함께 사는 룸메이트들의 이야길 해주었는데 프랭코까지 합쳐 그 방에 함께 사는 네 명의 남자들 모두가 게이라는 것이 아닌가!

228

zach

232

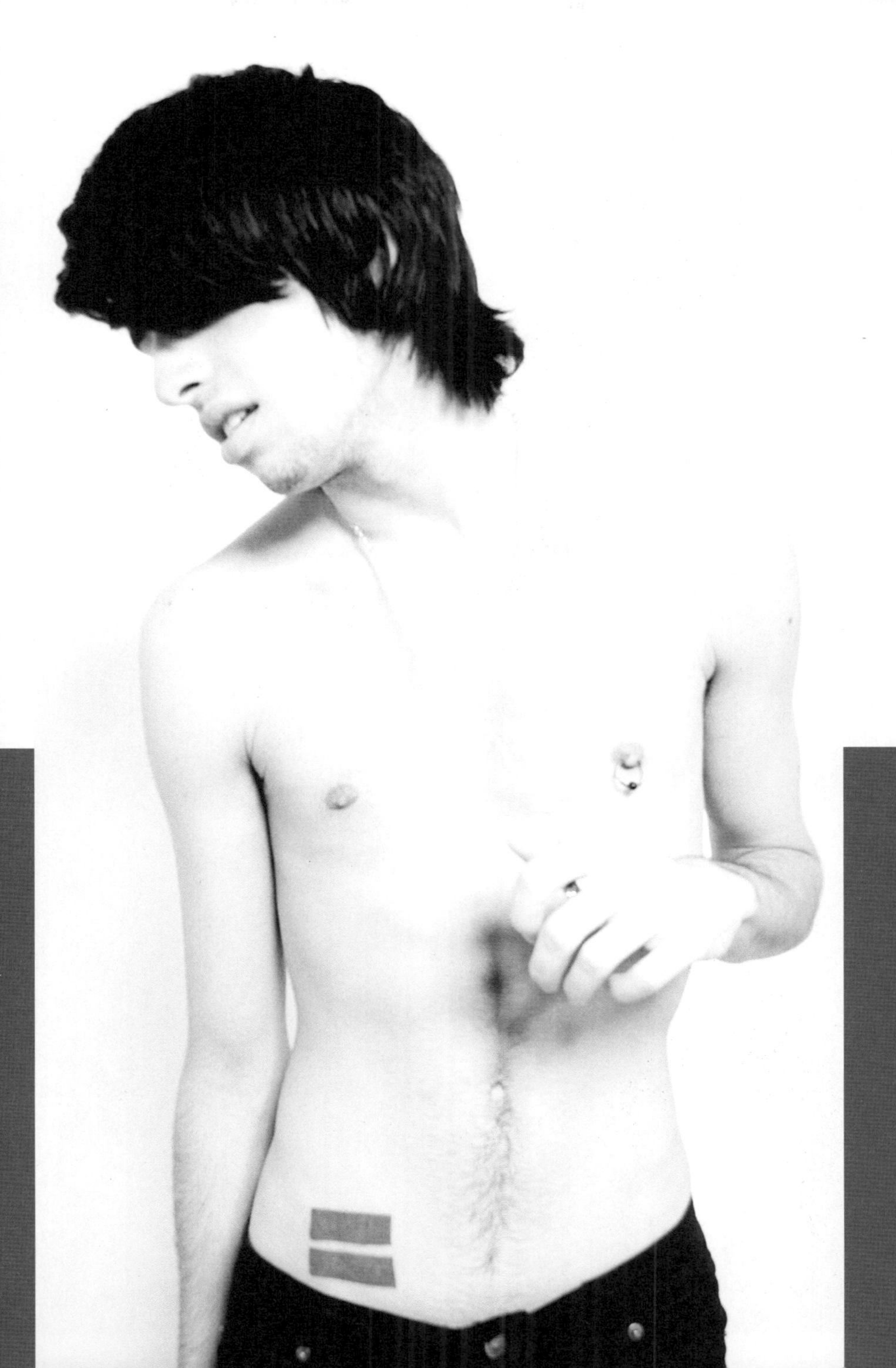

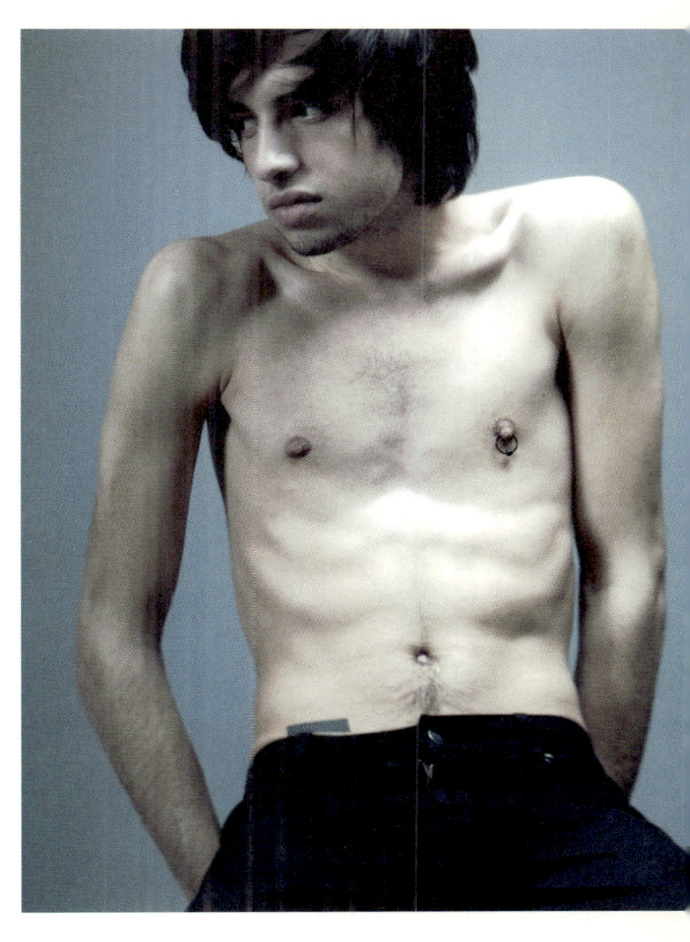

235

추운 날씨 때문에 얼어붙은 손과 얼굴을 어루만지며 프랭코 방의 문을 열자마자, 세상에나! 지금껏 살아오면서 만난 사람들 중에 가장 멋있는 모습으로 나를 얼어버리게 하는 남자가 침대에 기대어 TV를 보고 있었으니, 그것이 바로 잭과의 첫 만남이었다. 나는 잭을 바로 앞에 두고서 프랭코에게 귓속말로 "Oh my God, my type(하나님 맙소사, 쟤 정말 내 스타일이다)!" 하고 이야기했지. 우리 셋은 그날을 시작으로 자주 모여 DVD를 보다가 시리얼을 먹으며 쓸데없지만 재미있는 이야기를 끝없이 주고받으며 한창 유행하던 Kelly의 'shoe'와 'let me borrow that top'을 열창하며 어이없는 가사에 다 같이 깔깔대며 웃었지.

어느 날 나는 잭에게 "여자를 좋아할 맘은 없어?"라고 장난치듯 물었다. 잭은 "다음 세상에선 꼭 네 남자친구 할게"라고 웃으며 대답했다. 순간 가슴이 먹먹해져왔다. 나는 왜 그런 말을 하고 말았을까? 잭을 만나기 전부터 그가 게이라는 사실을 알고 있었는데 말이다.

그날 밤 터벅터벅 혼자 기숙사로 돌아와 한참 동안 침대에 누워 천장을 보며 생각했다. '내가 잭을 좋아하는 걸까?'

때마침 울리는 핸드폰을 보니 잭이었다. 기숙사까지 잘 도착했는지 걱정돼서 전화를 했다는 잭의 말에 갑자기 눈물이 핑 돌아 바쁘다는 핑계를 대고는 전화를 얼른 끊었지. '왜 눈물이 나려는 거지? 지금까지 남자 때문에 눈물 한 방울 흘려본 적 없는 얼음 같은 내가 왜 이러는 거냐고!'

236

하지만 시간은 잘도 흘러갔으며, 나는 잭이 있어서 하루하루가 행복했고 세상에서 잭이 제일 좋다는 말을 버릇처럼 입에 달고 살았다. 잭에 대한 내 마음은 결코 가볍지 않았지만, 그렇다고 잭이 게이라는 사실이 비극처럼 느껴지거나 마음 아프지도 않았다. 오히려 가끔씩은 "잭이 게이라서 더 좋아"라는 식의 말도 안 되는 말을 내뱉곤 했다. 학교생활에 점점 더 익숙해지면서 잭 말고도 많은 친구들이 생겼지만 나에게 '잭'이라는 이름을 위한 자리는 마치 명예의 전당처럼 늘 따로 마련되어 있었다.

그때나 지금이나 나는 잭이 여자를 사랑하게 되길 바라지도, 잭이 언젠가는 변할 거라는 기대도 하지 않는다. 그냥 잭은 나에게 있어 사랑스러운 잭. 언제까지나 영원히 내 곁에 있으면 좋겠다 싶은 그런 사람인 것이다.

외롭고 낯설었던 나의 1학년 시절에 든든한 버팀목이 되어주었던 잭.
그리고 그런 잭을 "My lovely Zach(나의 사랑스러운 잭)"이라고 불렀던 나.
작년 11월쯤, 세 가지 소원을 바란 적이 있었는데
그중 하나가 졸업하고 시간이 흘러도 잭이 너무 먼 곳으로 가게 되지 않기를,
오랫동안 내게서 멀리 떨어져 있지 않기를 간절히 바랐다.

237

브랜든 파반의 강력한 후보

나와 같은 파슨스 사진학과 Class of 2010에 다니고 있는 브랜든 파반에게 한참을 망설이다가 쑥스럽게 웃으며 건넸던 말.

"Your photographs are really gentle, like you, Brandon."

나는, 브랜든의 사진이 참 좋다. 브랜든의 사진은 내 사진처럼 이기적이지도, 자기중심적이지도 않다. 사진 안의 색깔들은 브랜든 자신처럼 차분하고 고요해서, 사진 앞에 아주 편안한 의자를 가져다 두고 오랫동안 조용히 바라보고 싶게 만든다.

창가 너머로 고요하게 눈 쌓인 풍경이라든지, 할머니 집에 놓여 있는 옷걸이를 찍은 사진을 보면, 사진을 찍는 동안 브랜든 자신 외에는 그 주위에 아무것도, 아무 소리도 존재하지 않았을 것만 같다. 카메라와 피사체 외에는 티끌만한 감정조차 스미지 않았다고 해야 할까? 철저하게 피사체에 몰입하는 사진가의 집중력이 돋보인다.

어울리지 않게 나는 쑥스러움을 많이 타서 학교에서 하루가 멀다 하고 마주치는 브랜든에게 인사말 한 마디도 한참을 망설인 후에 건네곤 했다. 다른 사람 앞에서는 잘 웃고, 잘 떠들다가도 특별할 것 없는 얼굴에 키도 작은 브랜든 앞에만 서면 숨고 싶어졌는데, 아마도 그건 설명하기 힘든 브랜든의 매력 때문이었던 것 같다.

2학년이 끝나기 약 2주 남았던 5월의 어느 날.

사진학과에서는 학년별로 포트폴리오를 심사해서 가장 뛰어난 학생에게 장학금을 주는 제도가 있는데, 아이들 모두가 비싼 학비에 시달리기 때문에 그런 한 푼조차 아쉽다는 것을 서로가 잘 알고 있다. 그래서 하나같이 "I need money"를 외치며 조금이라도 더 멋진, 더 눈에 띄는 포트폴리오를 만들기 위해 혈안이 되어 있었다.

238

239

우리 학년에서는 브랜든과 내가 가장 강력한 후보라는 이야기가 자연스럽게 흘러나오고 있었다. 하지만 나는 히스토리 시험을 한 번 망친 적이 있어서 왠지 브랜든이 장학금의 주인공이 될 것만 같은 생각이 들었다. 하루가 멀다 하고 학교에서 포트폴리오를 보충하고 만들고 다시 만들기를 반복했다.

브랜든도 계속해서 작업을 하고 있었는데 가끔 내 자리로 와서 "수린, 너 장학금 꼭 받아야 해?" 라고 물었다. 내가 웃으며 "응. 너도 잘 알잖아. 우린 한 푼이 아쉬운 처지인걸. 어떻게 될진 아무도 모르지 뭐. 아무래도 아트 히스토리 성적 때문에 나는 못 받을 것 같아"라고 말하자, 브랜든이 말했다.

"너는 너무 강력한 후보야. 네가 탈 거야. 분명히!"

그 순간, 나는 우리 학년에서 가장 성실하고 실력 있는 그룹에서도 제일 뛰어난 학생으로 손꼽히는 브랜든이 나를 인정해 준다는 사실만으로 가슴 한편에 봄바람이라도 분 것처럼 시원했다. 하지만 동시에 늘 이렇듯 누군가와 경쟁을 해야 한다는 생각에 씁쓸해졌다. 내가 "Hi"라는 그 한마디도 10분씩을 망설이다가 쑥스럽게 건네는 브랜든과 경쟁해야 한다니, 시원함 뒤에 왠지 모를 섭섭함이 한참 동안 밀려왔다.

그렇게 성실한 매력을 가진 브랜든은 나의 훌륭한 자극제이자 좋은 친구로 남았다. 브랜든에게도 내가 그런 존재였는지 이제 브랜든은 내가 학교 엘리베이터에서 내리자마자 특유의 귀여운 웃음을 지으며 뛰어나와 내 이름을 부르며 어서 자신의 자리로 오라고 손짓을 한다.

갸우뚱한 얼굴로 "왜? 무슨 일인데?"라고 묻는 내 말에 아무 대답도 없이 빨리 와보라는 브랜든. 한걸음에 달려가보니 내 사진이 『Juxtapoz』라는 아트매거진 웹사이트에 메인으로 실렸다며 나보다도 더 기쁜 얼굴로 축하해 준다.
너무 기쁜 나머지 "Oh my God, Brandon!"이라는 말만 연발하는 나.
브랜든은 그런 내 어깨를 두드리고 다른 한 손으로는 내 머리를 쓰다듬으며 "잘했어 수린! 정말 잘했어!"라고 이야기한다.

그리고 2학년을 마치고 방학이 시작된 지 얼마 지나지 않아 파슨스 학장으로부터 메일을 받았다. 브랜든의 예상처럼 2008년 장학금의 즈인공은 브랜든이 아닌 수린 킴이었다.

에릭은 그런지에서
실제 그런지를 제외한 스타일

내 이름은 Eric Schlosberg. 19살이고 파슨스에서 패션디자인을 공부하고 있어. 키는 약 180cm쯤 되는데 몸무게는 4000파운드 정도 빼야 할 것 같아. 내 마음은 늘 달의 에너지를 쫓아다녀. 깜깜한 방 창문을 열어 달빛을 보는 건 나 자신을 찾는 데 큰 도움이 돼. 나는 늘 내가 가진 색을 검정이라고 이야기하지. 하지만 나를 둘러싼 것들은 모두 흰색을 하고 있는 것 같아. 나의 스타일을 뭐라 정의할 수 있겠느냐고? 아마 Eric 스타일이라고 이야기하는 게 제일 빠를 것 같은데 하하! 나는 늘 10대들의 불안정함에 큰 영향을 받아. 내 정신 연령이 아직 10대 수준이라 그런가? 그런지 스타일에서 실제 그런지를 제외한 진가라고나 할까? 난 4일 동안 티셔츠를 갈아입지 않을 때도 많지 하하! 내가 존경하는 패션 디자이너는 올리비에 테스켄스와 릭 오웬스야. 그들은 정말 축복받은 아이디어 창고를 가지고 태어났으니까. 나는 옷을 만들 때, 해체주의와 날것들로부터 영감을 얻어. 길가에 떨어진 빨간 립스틱이 묻어 있는 담배꽁초나, 발길에 채인 나뭇잎처럼 사람들이 신경조차 쓰지 않는 더러운 것들 말이야. 그런 것들도 진정한 아름다움을 갖고 있다고 믿기에 나는 늘 그것들을 찾아 헤매거나 눈여겨보곤 해. 그렇게 작고 사소한 것들이 내게는 깜깜한 밤 창밖의 별들처럼 환하게 다가와 내 마음을 밝혀주곤 하거든.

뉴욕에 산다는 건 뭐랄까. 정말이지 과격하다고! 과격하다는 표현 딱 어울리지 않아? 깜깜한 암흑 속을 헤매는 기분이 들다가도 결국엔 진정한 나의 모습을 찾게 되지. 나 자신을 찾는 일이 훨씬 쉬운 것 같아 이곳 뉴욕에선. 그래서 나는 매일 중얼거리곤 해. "난 정말 행운을 가진 존재임에 틀림없어!"라고.

242

유일하게 내가 아는 사실은, 나는 그림을 그려야 할 필요가 있기 때문에 그림을 그리고 있다는 사실, 그것뿐이다.

—프리다 칼로

줄리아의
아날로그적 패턴

내 이름은 Julia Hermannsdottir. 곧 스물한 살이 돼. 전공은 일러스트레이션이야. 하지만 순수 미술과 패션에도 관심이 무척 많아. 난 아일랜드에서 태어났고, 인생의 절반 이상을 그곳에서 살았어. 아일랜드를 떠나겠다는 결심이 쉽지는 않았지만, 결국 2006년에 파슨스 학생이 되기 위해 뉴욕에 왔어. 나는 조용하고 쑥스러움도 많이 타는 성격이지만 뉴욕에 온 후로 많이 대범해지고 활달해졌어. 뉴욕에 산다는 건 나를 좀 더 강하게 하고 내 생활을 탄력 있게 만드는 것 같아. 그렇긴 하지만 뉴욕 같은 큰 도시에서 혼자 지낸다는 건 외로운 일이야. 그렇지 않아?

특히 영화를 매우 좋아하는데, 어떤 장르의 영화든 다 좋아. 그리고 책 읽는 것도 정말 좋아하고, 갤러리와 뮤지엄에 가는 걸 사랑해! 아, 그리고 일주일에 한 번씩은 피아노나 실로폰을 연주하곤 해. 언어를 공부하는 것도 좋아하는데, 난 무려 4가지 언어로 말할 줄 알아!

화려한 패턴들과 컬러풀한 것들을 좋아해. 검정색이나 하얀색은 별로 좋아하지 않아. 난 늘 돈이 부족해서 비싼 옷보단 싸고 예쁜 것들을 찾아다니는데, 그런 것들이 나를 자극하는 것 같아. 가끔 옷을 만들어 입기도 하는데 정말 마음에 들기만 한다면 똑같은 옷을 1년 동안 매일 입을 자신도 있어! 재미있고 독특한 옷을 입는 건 세상에 나를 표현하는 중요한 방법이거든.

244

246

247

250

252

그림을 그리거나 학교 숙제를 하면서 대부분의 시간을 보내는데 종종 과학이나 문학에 관한 라디오 프로그램을 듣기도 해. 난 컴퓨터나 디지털에 관한 것들엔 별로 큰 흥미가 없는데, 뭐든 손으로 직접 만들고 그리는 것이 최고라고 생각하기 때문이야. 더 인간적이잖아? 그래서 사진을 찍을 때도 필름 카메라를 사용하고, 편지를 쓸 때도 종이에 연필로 꾹꾹 눌러가며 쓰고, CD 대신 카세트테이프로 음악을 들어. 나는 내 주위에 있는 아름다운 것들, 재미있는 사람들, 그들에게서 듣는 이야기 등 많은 것들로부터 영감을 얻어. 그리고 친구들과 나의 이야기를 그림으로 그리곤 하지.

나는 미래에 어떤 일을 하게 될까? 사실 잘 모르겠어. 어린이를 위한 동화책에 그림을 그리거나, 만화를 그리거나, 아니면 갤러리에 내 그림을 전시하거나, 뭐 그런 일들을 하고 있지 않을까? 하지만 혹시 모르지. 영화사나, 패션 쪽에서 일을 할 수도 있겠지. 아! 난 글 쓰는 것도 굉장히 좋아해서 작가가 될지도 몰라. 솔직히 말하자면 난 그저 매 순간을 위해 살고 있을 뿐이고, 앞으로 어떤 일이 벌어질지는 잘 모르겠어.

겨울이 지독하게 추우면 여름이 오든 말든 상관하고 싶지 않을 때가 있다. 그러나 우리가 받아들이든 그렇지 않든 냉혹한 날씨는 결국 끝나게 돼 있고, 화창한 아침이 찾아오면 바람이 바뀌면서 해빙기가 올 것이다.

―빈센트 반 고흐

253

데본의 눈물,
그리고 오후 6시
뉴욕의 석양 사이

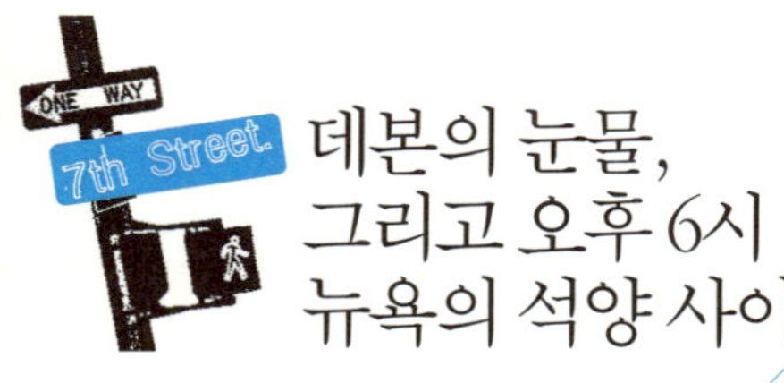

세미나 클래스.

다섯 살 수준의 지능을 가진 아버지를 관찰하며 사진에 담는 프로젝트를 진행하고 있는 티나의 프레젠테이션이 끝나자 데본의 순서가 돌아왔다.

우리 학교 학생 중에는 흑인을 거의 찾아보기 힘든데, 데본은 덩치가 아주 커다란 흑인 게이 친구로 하이톤의 목소리로 늘 재미있는 이야기를 들려주는 유쾌한 아이다. 늘 근육질의 흑인 남자 누드를 찍어오는 데본은 클래스에서도 틈만 나면 눈에 띄지 않는 교실 구석에서 노트북을 켜고 게이 포르노 사이트를 구경하곤 한다.

그런 데본이 오늘은 자기 가족을 찍어온 작품 앞에서 정리되지 않은 자신의 생각들을 꺼내놓으며 굵은 눈물을 뚝뚝 흘리기 시작했다. 순식간에 교실 안은 숨소리조차 낼 수 없는 고요가 흘렀고, 데본은 한참을 그렇게 말없이 눈물을 흘리다가 소매로 눈물 훔치길 반복했다.

자신과 열다섯 살 이상이나 차이 나는 동생들이 일곱이나 있는 데본은 그 동생들이 장난을 치며 해맑게 웃는 모습을 사진에 담아왔는데, 나는 수업이 끝나고 나서도 한참 동안 그 사진 앞을 떠날 수 없었다. 같은 클래스의 릴리가 교실 문을 나서며 내게 손짓했다.

"수린, 나 담배 피러 갈 건데 같이 가줄 수 있니?"

고개를 끄덕이고 우리는 함께 건물 밖으로 나왔다. 숨통이 트이는 기분.

255

256

“나는 슬픈 게 싫다. 릴리.”

“응. 나도.”

“난 그래서 아예 슬픔에 접근하려 들지 않아.”

“상처 없는 사람이 있을까?”

“글쎄…… 아직까지는 본 적이 없는 것 같네.”

라고 대답하며 웃어 보이는 릴리의 눈에 오후 6시, 뉴욕의 석양이 담겨 있었다.

릴리는 꽤 한참 동안을 허공에 담배연기를 날려 보냈고 나는 벽에 기대어 하늘을 바라

보며 허공에 손가락으로 피아노를 치며 콧노래를 불러보았다.

젊은 날에 받은 크고 작은 상처들이 언젠가는 우리 모두에게 커다란 디딤돌이 되어주

길 바라면서.

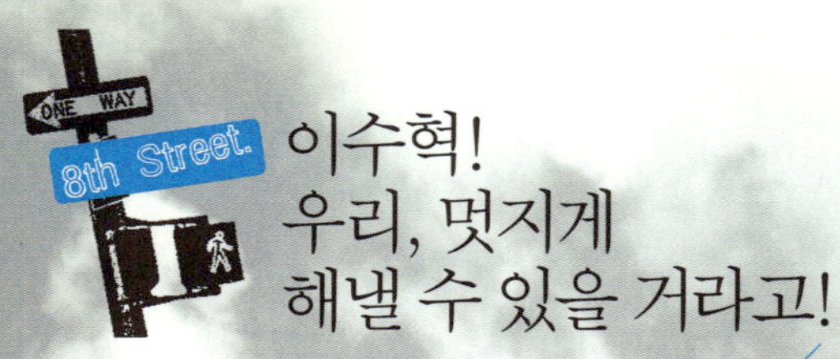
8th Street.
ONE WAY
이수혁!
우리, 멋지게
해낼 수 있을 거라고!

모델 이수혁. 인간 이혁수. 요즘 패션 매거진에서 매달 빠짐없이 볼 수 있는 가장 잘나가는 모델이 아닐까 싶다. 나에게는 모델 이수혁보다 혁수라는 이름이 더 익숙한 친한 동생이자 나만의 소중한 모델. 혁수를 처음 만났던 건 친구를 통해서였다. 그 큰 키와 얄상한 얼굴과는 어울리지 않게 낮은 목소리로 "누나 안녕하세요" 하고 인사를 건네던 모습이 기억난다. 늘 내 카메라 앞에 서줄 멋진 모델에 목이 말랐던 나에게 혁수는 가뭄 속 단비 같은 존재였다. 처음 혁수를 찍던 날 '와, 이런 게 진짜 타고난 모델이구나' 라는 생각을 들게 할 만큼 그는 최고의 포즈로 나를 사로잡았다.

그 뒤로 사진이 찍고 싶은 날이면 늘 혁수를 찾았다.

"혁수야, 오늘 사진 찍자!"

259

260

AS STR
ruary 2 - 25 2005

262

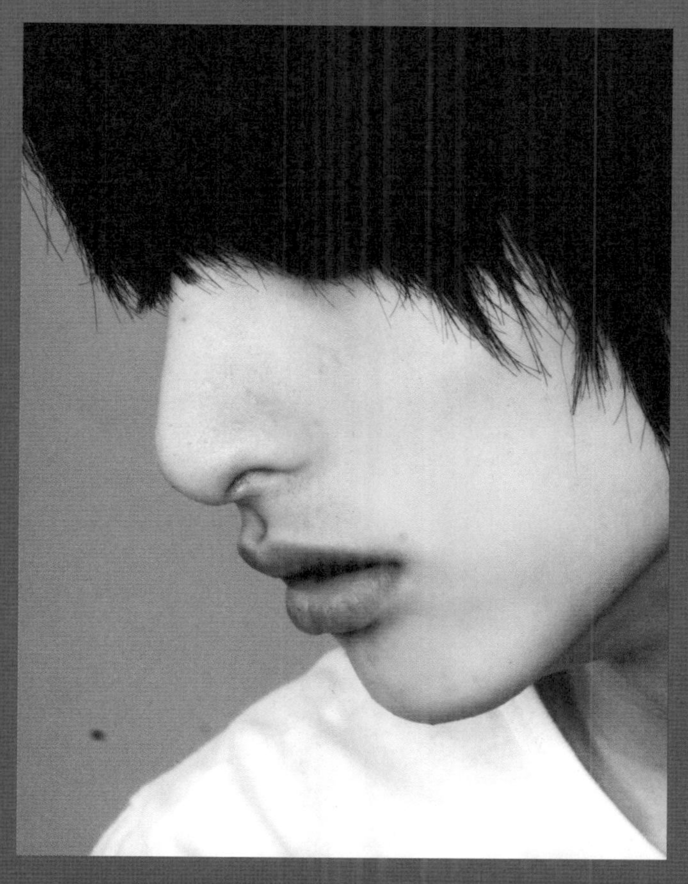

264

265

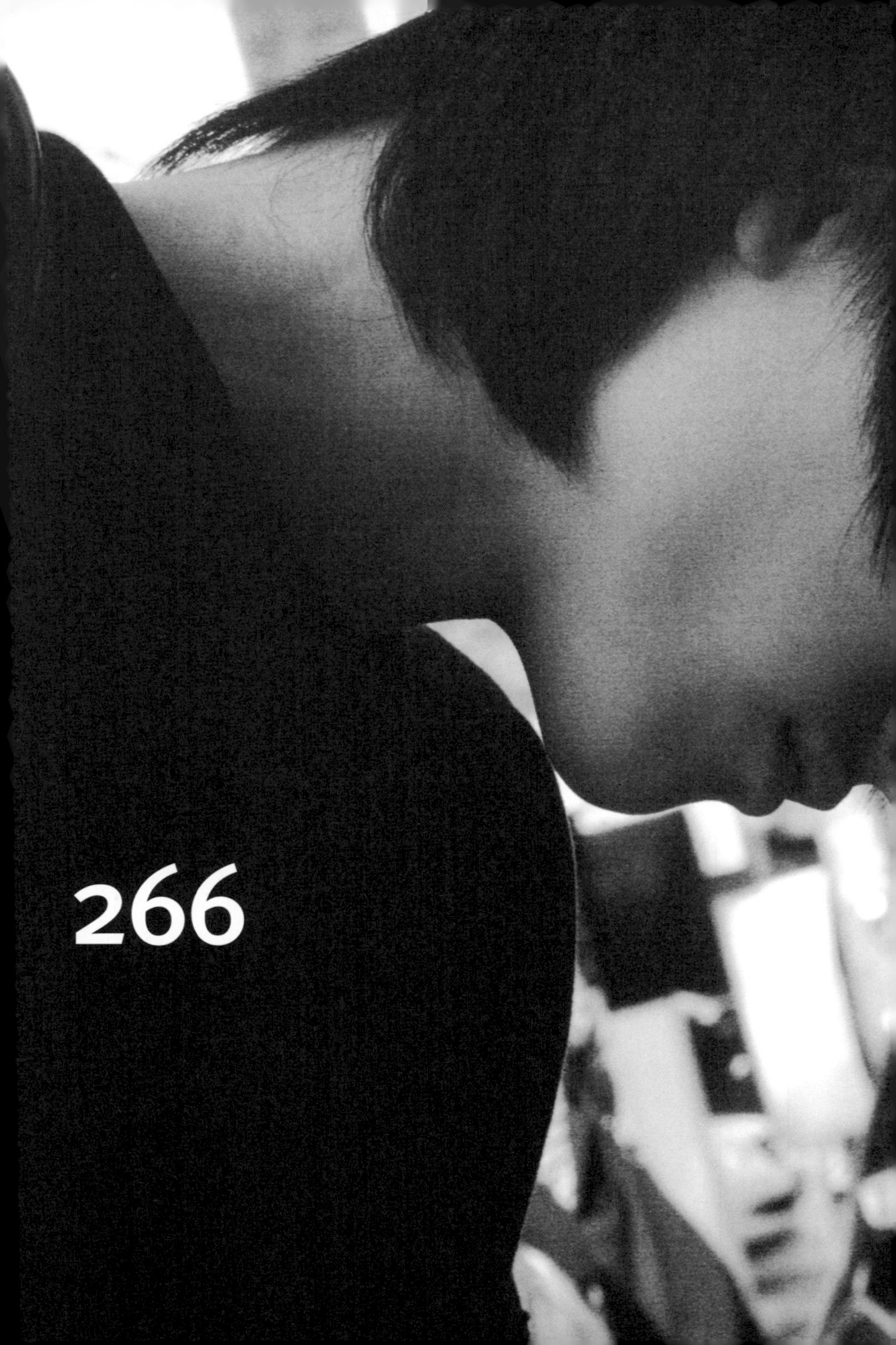

266

자신의 일에 있어 혁수는 그 누구보다도 열정적이다. 모델이 되고 싶어 소속사도 없이 혼자 일을 시작했고, 혼자 힘으로 지금의 자리까지 왔다. 자기만의 철학과 소신이 있어 자신에게 어울리는 일이 아니라고 생각하면 망설임 없이 거절할 줄도 아는 당찬 젊은이다. 무엇보다 내가 혁수에게 놀란 건 자기 자신을 굉장히 잘 알고 있다는 점이다. 자신이 가진 장점을 살리고, 단점을 장점으로 극복할 줄 아는 것. 그것이 혁수의 가장 큰 매력이었다. 그토록 어린 나이에 스스로를 객관적으로 관찰하고 분석하기란 정말 어려운 일인데도 말이다.

무더위 때문에 숨을 쉬기도 힘들었던 그해 여름, 내가 촬영을 제안할 때마다 혁수는 단 한 번도 귀찮은 내색 없이 기꺼이 내 모델이 되어주었다. 얼마나 고맙게 생각하는지 이 기회를 통해 한 번 더 내 마음을 전하고 싶다. 늘 그 고마운 마음을 간직한 채 오랫동안 혁수와의 우정을 유지하며 갚아야겠다는 생각이다.

험난한 여정이 되리란 걸 잘 알면서도 조금의 망설임 없이 모델과 사진작가의 길에 뛰어든 우리들. 하지만, 나는 분명 믿는다.

앞으로도 우리, 멋지게 해낼 수 있을 거라고!

사진이란 내게 더 이상 '사진' 그 자[
그렇다고 해서 그 이상의 의미라며 [
그저 진정한 나를 찾아가는 또 하나[
아티스트라면 모두가 반 고흐처럼 되[
하지만 꿈꾸는 모두가 그렇게 될 수[
누군가는 꿈꾸다 지쳐버릴 테고,
어떤 이는 힘겹다며 포기해 버릴지도[
늘 생각해 왔다.
진정으로 성공적인 인생을 살아내는[
어떤 순간에도 마지막 끈을 놓지 않[
포기하고 싶은 순간도 많고,
방황하다가 훨씬 더 먼 길을 돌아온
나는 지금껏 내가 잡고 있는 나 자신[
그 끈들을 놓아본 적은 단 한 번도 없[
오히려 곁에서 끝없이 영감을 주고 [
친구들 때문에 나는 더욱 견고해지고[

아니다.
하게 떠들고 싶은 마음도 없다.
법이라는 생각이 든다.
꿈꾼다.
겠지.

른다.

을이란,
람이라고.

있지만
약속, 다짐들, 희망.
ㅏ.
지를 북돋워주는
ㅓ.

Chapter 6
Avenue for
soorin Kim

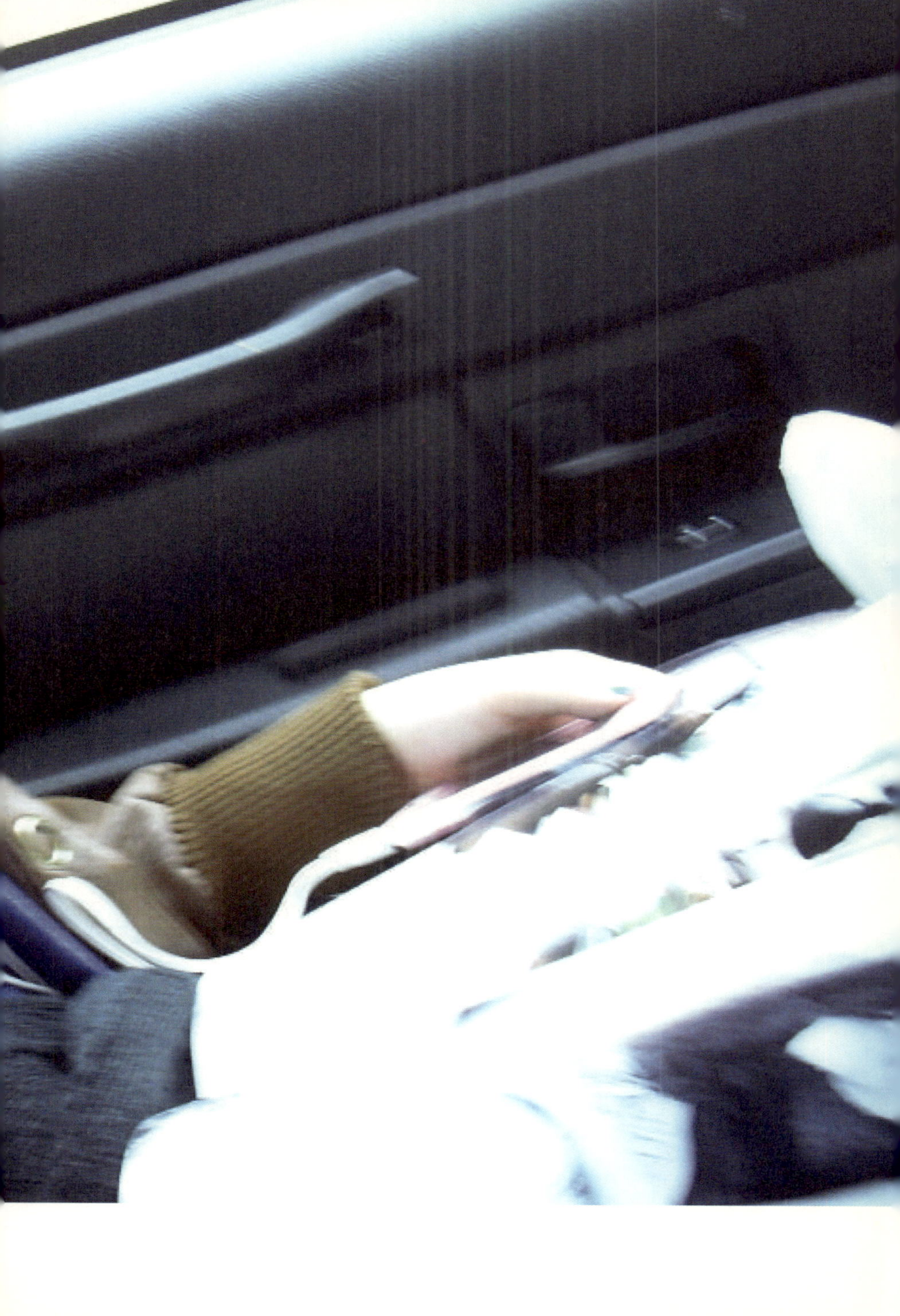

못 말리는 김수린의 캔버스

새하얗고 커다란 캔버스를 앞에 두고 선 채 한참을 망설인다.

무엇을 그려야 할까?

어젯밤엔 엘리자베스 페이튼의 그림들을 보다가 습관처럼 읽는

라이언의 인터뷰집을 뒤적거리다가 잠이 들었지.

오늘 모처럼 한가로운 토요일 아침.

창문 너머로 불어오는 바람이 참 좋구나.

한동안 바빠서 치우지 못했던 방을 깨끗이 정리하고

발코니 먼발치에 서서 마치 다른 사람의 눈이 된 것처럼 내 방을 들여다본다.

나는 무엇보다 내 방으로부터 영향을 많이 받는다.

김수린의 작은 전시회처럼 방 한켠을 장식해 놓은 사진들

그리고 여기저기 붙여놓은 습작들

마법을 부릴 것 같은 스탠드 위의 작은 곰 인형도

그것은 모두 나만의 작은 쇼, 전시회, 마술상자.

좌절하거나, 기쁘거나, 시시각각 예민한 날씨처럼

변화하는 나의 마음을 어루만지고, 또 자극하기 위해

내가 스스로 걸어놓은 마법의 주문 같은 것!

276

There
Right or
way
277

침대 맡의 그림은 이사 오자마자 즉흥적으로 그린 그림이라
시간이 나면 꼭 다른 그림으로 바꾸리라 생각해 왔던 터.
운동화를 신고, 귀에는 이어폰을 꽂은 채
주머니에 돈 몇 푼을 꾹 집어넣고 집을 나선다.
걸어서 10분 거리에는 꽤 크고 싼 화방이 있다.
창가에 놓여진 캔버스들, 4개들이의 큼직한 캔버스가 단 돈 10달러!
화들짝 놀라 그 무거운 박스 두 개를 집어든다. 총 8개의 캔버스.

붓에 물감을 묻혀 슥슥 그림 그릴 생각을 하니
그렇게 달라질 내 방 풍경을 상상하니
기분이 날아갈 것 같다!
휘파람을 불며, 단숨에 집으로 돌아와 붓을 집어든다.
오늘은 내가 갖고 싶었던 그림을 그려볼까?

278

Hollywood Studio

내가 좋아하는 라이언 맥긴리의 사진 한 점.
내 아이팟의 배경이기도 한 익숙한 사진.
라이언의 사진을 지겹게 보면서도
그의 사진들은 내게 언제나 꿈으로 남아 있다.
커다란 붓에 검정색 물감을 묻혀 캔버스에 칠하며 생각한다.
'누군가에게 이렇게 꿈과 희망을 줄 수 있는 존재가 되는 것은
그 얼마나 가슴 벅찬 일인가!'
지금 나는 라이언의 사진 한 장 살 수 없지만,
그의 사진을 캔버스에 옮길 수 있는 열정은 있으니까.

282

붓을 들고 한 걸음 물러서 숨을 들이쉰다. 가슴이 뛴다.
귀에서는 파헬벨의 음악이 흘러나오고 있다.
"집에서 혼자 페인팅을 하면서도 멋져 보이려고
도수 없는 안경을 쓰고 있다니, 수린은 정말 못 말려!"
룸메이트의 말에 내가 웃으며 소리친다.
"못 말려도 좋아. 나만 즐거우면 됐지 뭐!"

Go and
love
some
more

뛰어도
지치지 않는 나이
스물한 살!

나는 언제나 한국 사람으로 태어난 것을 행운이라고 생각하며 살았다. "나는 다시 태어나도 한국인으로 태어날 거야"라고 늘 이야기할 만큼. 미국 친구들 사이에서도 내가 'Asian'이기 때문에 그들이 '나'를 더 사랑하는 거라 생각하고 싶었고, 친구 프랭코가 내게 하루에도 5번씩은 외쳐대는 "So Asian!"이라는 말이 늘 사랑스럽고 기분 좋게 느껴졌다.

하지만 어느 순간부터 추석이 몇 월인지 헷갈리기 시작했고, 세뱃돈을 받는 명절이 언제인지 기억나지 않았다. Thanksgiving Day가 언젠지, Columbus Day가 언제인지는 정확히 알고 있는데, 제헌절이 언제였는지 기억나질 않았고, 비행기 안에서 영화를 보는데 한국말로 더빙되어 있는 영화가 왜 이렇게 듣기 불편한 거지? 하고 느끼는 낯선 '나'를 발견했다.

아. 시간이 그렇게나 많이 흘렀구나…….

처음 미국에 왔을 때 매일 전화를 걸어 "넌 한국에서 살거니 미국에서 살거니?"라는 엄마의 질문에 평생토록 나는 변하지 않을 거라고, 학교만 졸업하면 당장 한국으로 돌아가겠노라고 큰소리쳤던 내가 이제는 졸업하면 어느 곳에서 일을 해야 하는지, 어떻게 살아가야 할지를 고민하고 있다. 미국에서 고등학교를 다닐 때만 해도 미국 친구들과 대화를 하고 있는 매초, 매순간이 가시방석 같다고 느꼈던 내가 말이다.

284

285

아. 시간은 어떻게, 어떻게 이토록 재빨리 많은 걸 바꿔버릴 수 있는 걸까? 그러면서도 내가 꿈꾸는 것들이 빨리 이루어질 수 없다는 사실에 커다란 부담을 느끼곤 한다. 예술가로서의 내 미래를 어떻게 계획해야 하는지 정해진 것도 가르쳐줄 그 누구도 없다는 사실이 늘 나를 불안하게 한다. 아마도 예술가를 꿈꾸는 그 누구나 겪는 고민이리라. 뉴욕 ICP에서 개인전을 가진 김아타 선생님을 뵌 적이 있는데, 그때 김아타 선생님께서 내게 이런 질문을 던지셨다.

"너는 예술가로서의 재능이 뭐라고 생각하니?"

"누가 뭐래도 나 자신에게 재능이 있다고 끝까지 믿을 수 있는 거 아닐까요?"

'3년 뒤에 나는 무엇을 할 것이다, 5년 뒤에 나는 이런 일을 할 것이다' 하면서 단지 계획하고 실천하며 꿈을 키워갈 뿐, 나와 함께 공부하고 있는 파슨스의 모든 친구들에게도 정해진 미래란 없다. 하지만 나는 그 불안함을 사랑한다. 미래는 어떠한 것이 그려질지 모르는 새하얀 백지와도 같으니까. 그래서 무엇이든 도전할 가능성이 넘치니까.

286

나는 늘 달리기를 하듯 살아왔고, 그렇게 달리면서도
행복하지 않았다면 아마 주저앉아버렸을 것이다.
항상 나에게 이야기한다.
너무 서두르지 마. 천천히 이 시간을, 순간을 즐기는 거야.
내 인생의 목표는 성공한 사진가가 아닌, 행복한 삶이니까.
그리고 지금 나는 '포토그래퍼' 라는 그 이름 안에서
다양한 계획을 세워보고 실천할 수 있는 것만으로도 즐거우니까.

오늘도 나는 숨 가쁘게 뛰어간다.
내가 꿈꾸는 것은 모두 현실이 될 수 있다고 믿으며
늘 소리 내어 파이팅을 외치며 뛸 수 있기에 행복하다.
뛰어도 지치지 않는 나이
지금 나는 스물한 살이기에 더 행복하다.

1. 당신에게 사진은 어떤 의미인가?

신기하게도 매일 시간이 흐를수록 나에게 '사진'이라는 의미는 계속해서 변화한다. 하루하루가 다르고 매달, 매년이 다르다. 사진을 시작하고 많은 것들이 변했지만 가장 큰 변화는 나 자신을 좀 더 신뢰하게 되었다는 점과 내 인생에 대해 더 책임감을 느끼게 된 점이 아닐까 싶다. 해보고 싶은 건 늘 많았지만 사진을 찍기 시작한 뒤부터 '사진가'라는 그 이름 안에서 작은 계획들을 세우고 하나씩 실천하는 것이 더 좋아졌다. 아직 사진은 내게 현실이라는 단어보다는 미래, 혹은 꿈이라는 단어와 더 가깝게 느껴진다.

288

2. 물론 유학생활 때문이기도 하겠지만 사진 속 피사체가 참 다양하다. 특히 패션이라는 특성에서 볼 때는 무척이나 행운이 아닌가.

나는 마음에 드는 모델을 찾으면 절대로 그냥 지나치지 않는다. 내가 사진을 찍는 이유도 끊임없이 변화하고 움직임이 있는 사람에게 매력을 느끼기 때문인데 내 사진에 있어 모델은 절대적인 영향을 미친다고 생각한다. 사진을 시작하게 된 계기가 어렸을 때 가장 가까이에 있었던 사촌동생들에게 내가 직접 옷을 만들어 입히는 놀이를 자주 했었는데, 그 옷을 입은 사촌동생들의 모습을 자동카메라로 찍기 시작하면서부터였다. 사실 나에게 그런 모델 못지않은 외모를 가진 사촌동생들이 있다는 것도 사진가로서 하나의 행운이 아닌가 하는 생각을 한다. 내 사진 속의 모델들은 대부분이 사촌동생들이거나 친구들이다. 대학생이 된 이후에는 좋은 모델을 만날 수 있는 기회가 더 많아진 것 같다.

3. 시각적으로 민감하게 반응하는 피사체가 따로 있나? 가령 특정한 컬러라던지 오브제랄지.

물론 있다. 짧은 머리를 한 여자에게 굉장히 관심이 많다. 뭐라 설명하긴 힘들지만 내가 좋아하는 얼굴이 있는 것 같다. 그리고 원색을 좋아한다. 아주 새빨간 색처럼 강렬한 컬러들……. 그렇지만 컬러로 담아야 할 상황이 있고 흑백으로 담아져야 할 모습이 따로 있다고 생각한다.

4. 미엘에서 열린 4eva-tist 'Mix' 전시는 어땠나? 또 다른 전시에 대한 생각은?

방학 때마다 되도록이면 꼭 전시회를 열려고 노력하는데 나에겐 너무 좋은 기회였다. 훌륭한 아티스트 분들도 많이 뵐 수 있었고, 전시회 참가자들 중에서 내 나이가 제일 어렸음에도 나를 유명 아티스트처럼 대해주는 것이 신기하기도 하고 재미있기도 했다. 이제 한국에서도 다양한 사진전이 기획되고 있고, 그로 인해 많은 사람들이 예술에 대한 관점과 상상력의 폭을 넓힐 수 있는 것 같아서 기분이 좋다. 사진은 특히나 현대미술에서 정말 중요한 위치를 차지하고 있기 때문에 한국에서 사진에 대한 관심과 의식 수준이 높아지는 걸 느낄 때마다 굉장히 마음이 뿌듯해진다. 앞으로 더 많은 전시를 하고 싶다. 사진가에게 전시는 굉장히 중요한 부분이다. 미국으로 돌아가 학교를 다니다 보면 아마 또 다른 전시계획을 머릿속에 잔뜩 채우게 될 것 같다.

5. 즐기면서 찍는 사진이 물론 좋지만 사진을 찍는다는 게 매번 근사할 수만은 없다. 사진에 대한 고민은 없나?

물론 있다. 고민이라면 단 한순간도 변함없이 나 자신을 믿어야 한다는 게 아닐까 싶다. '내가 잘할 수 있을까?' 라는 질문을 수시로 스스로에게 던지곤 하는데, 사진 찍는 작업은 마치 내가 대단한 사람이 된 것처럼 느끼게 만들어준다. 아마 누구에게든 그럴 것 같다. 그래서 매너리즘에 빠지기도 쉽고. 얼마 전까지는 모든 사람이 내 사진을 좋아할 수 없다는 사실을 받아들이기가 힘들었다. 하지만 지금은 많은 사람들이 내 사진에 대한 좋은 평가를 내릴 것인가 하는 것보다 사진을 찍음으로써 내 자신이 행복할 수 있다는 사실에 더 큰 비중을 둔다. 도저히 답이 없을 것 같았는데 내가 사진을 찍고 그 결과물로 보답을 받아 기쁜 것보다는 사진을 찍는 그 순간순간 행복하면 된다고 생각하니 모든 것이 쉬워졌다.

6. 사진은 결국에는 시각적 커뮤니케이션이 되어야 더욱 의미가 있다. 앞으로 본인의 사진이 타인에게 어떠한 사진으로 기억되길 바라는가. 그러기 위한 당신의 노력이라면.

내 사진 속의 모델들은 대부분 내가 직접 찾아내어 촬영을 해왔다. 사진을 찍는 그 순간이 물론 나에게 가장 소중한 시간이지만 그 사진을 위해 마음에 드는 모델을 찾고 계획을 세우는 시간들도 나에겐 빼놓을 수 없다. '좋은 사진가는 이래야 한다' 고 정의를 내릴 만한 위치는 아니지만 나는 개인적으로 남에게 보여지지 않는 부분의 삶이 사진가에게 가장 큰 영향을 미친다고 생각한다. 로버트 메이플소프(Robert Mapplethrope)든

290

낸 골딘(Nan Goldin)이든, 그 어떤 사진가의 작품을 보아도 그 이면엔 작가만의 삶이 존재하고 있음이 느껴진다. 사진이 갖고 있는 그러한 면에 나는 매력을 느낀다. 그래서 늘 내가 원하는 사진을 찍기 위해 사진을 찍지 않는 시간에도 내 작품에 영향을 주거나 동기를 부여할 만한 것들과 밀접하게 생활하거나, 특별한 경험을 해보거나, 혹은 내 사진에 담고 싶지 않은 것들은 멀리하려고 노력한다. 세상에는 나태한 모습을 찍어내는 사진가, 아찔한 순간들을 담아내는 사진가, 어두운 면을 담아내는 사진가 등 수많은 모습을 찍어내는 사진가들이 존재하지만, 나는 어린아이들이 놀이터에서 뛰어놀 때처럼 신나고, 유쾌하고 때 묻지 않은 장면을 담아내고 싶다. 내가 사진을 찍기 시작한 이유도 사진이란 것이 나에게 가장 즐거운 놀이였기 때문이기도 하고……. 내가 만들어내는 사진들로 많은 사람들이 즐거워지고 유쾌할 수 있으면 좋겠다는 생각이다. 모든 사람들이 세상의 어두운 면보다는 밝은 면을 더 경험했으면 하는 바람도 있고. 사진 속의 모델, 배경, 의상의 색깔, 혹은 포즈 그 어떤 것이든 나는 흥미로운 것을 찾는 일을 계속해 나갈 예정이다.

291

Soorin, Kim

1. 스타일 컨셉 : Simple but not Simple

2. 패션 아이콘 : 시에나 밀러, 1960년대의 트뮈기

3. 페이버릿 패션디자이너 : 마크 제이콥스, 스텔라 매카트니

4. 무인도에 가져갈 패션 아이템 1호 : 데님

5. 옷을 고르는 당신의 까다로운 기준 : 파스텔 톤보다는 윈색, 화려하기보다는 심플한 것. 예를 들어, 너풀거리는 집시 스커트보다는 스키니 진을 좋아하는 것처럼 말이다. 어떤 브랜드의 마니아라 칭하며 그 브랜드만 사들이는 것은 바보 같은 짓이라고 생각한다. 플리 마켓에서 살 수 있는 세상에 단 하나뿐인 모자나 유니크한 그림이 프린트된 티셔츠, 과장된 디자인의 빈티지 선글라스가 더욱 소중하다.

6. 쇼핑 장소와 노하우 : 쇼핑의 아이러니컬한 점은 마음먹고 쇼핑에 나서면 막상 건질 게 없지만, 우연히 길을 걷다가 발견한 것이 훨씬 더 마음에 든다는 것. 소호의 '라운지(Lounge)' 와 그리니치 빌리지의 마크 제이콥스.

7. 가보고 싶은 패션 스트리트 : 런던 캠든에서 올리는 플리 마켓.

8. 당신이 생각하는 스타일 : 내가 가장 편하게 입을 수 있고 나에게 가장 잘 어울리는 것이 바로 '스타일'. 늘 사진을 찍으며 발로 뛰는 나에게 레이스 스커트보다 데님 팬츠가, 가죽 토트백보다 빅백이 더 잘 어울리는 것처럼 말이다. 그리고 선글라스. 이제는 나란 사람을 이야기하는 트레이드마크가 되었다. 그만큼 많은 선글라스를 모았는데, 그중에서도 뭐든 잘 잃어버리고 부러뜨리는 내 곁에 오랫동안 함께하고 있는 스퀘어 오버사이즈 선글라스에 애착이 간다.

Soorin Kim

뉴욕 그리니치빌리지 한가운데 위치한 파슨스 디자인 스쿨은
학교 자체는 크지 않지만 파워가 대단하다.
어느 분야에서든 파슨스 출신이라는 타이틀은 꽤 신뢰를 준다.
아마도 졸업하기가 힘든 것으로 워낙 유명해서 졸업했다는 사실만으로도 인정받는 것 같다.
학교엔 독특하고 재미있고 열정적인 친구들이 많다.
패션을 전공하는 학생들 중에 특이한 외모에 신기한 옷을 입고 다니는 친구들이 많아
원하면 언제든 그들을 모델로 삼을 수 있고, 나 역시 그들이 만든 옷을 모델에게 입혀
사진을 찍어주면서 서로 도움을 주고받는다. 특히 그리니치빌리지는 젊고 세련된
뉴요커들의 거리라 이곳에 있는 것만으로도 여러 방면에서 많은 도움이 된다.
파슨스 출신으로는 디자이너 마크 제이콥스, 안나 수이, 도나 카란, 두리 정 등
셀 수 없이 많은 디자이너들과 사진작가 스티븐 마이젤, 라이언 맥긴리 등이 있다.
파슨스의 수업 스케줄은 굉장히 빡빡하다. 요즘엔 대형 카메라 테크닉, 세미나,
사진 히스토리, 아트 히스토리, 영어, 디자인 수업과 스튜디오 라이팅 클래스를 듣고 있다.
1학년 때는 짧은 머리 소녀들에 관한 사진을 많이 찍었는데,
요즘도 여전히 나는 소녀들에게 관심이 많다.

사람들은 뉴욕에 사는 나를 부러워한다. 매일 뉴욕의 유명 레스토랑에서 브런치를 먹고, 매주 버그도프 굿맨에서 쇼핑을 하고 브로드웨이 뮤지컬을 즐기며 산다고 생각하는 걸까? 사실 난 너무 바빠서 식사를 제대로 챙기기는커녕 시리얼로 끼니를 때우고 밤새워 과제나 시험공부를 하는 게 일상의 전부다. 뉴욕에서의 내 삶은 조금도 화려하지 않다. 다만 치열한 뿐이다. 뉴욕이라는 도시가 특별한 건 나를 꿈꾸게 하기 때문. 하지만 뉴욕은 살면 살수록 더 정드는 도시다. 가끔 시끄러운 사이렌 소리와 너무 바쁘게 사는 사람들로 인해 삭막함을 느낄 때도 있지만, 늘 흥미롭고 새로운 것들이 나를 충족시킨다. 새로운 사람, 새로운 전시, 새로운 레스토랑 등 보다 많은 것들을 경험하며 사는 것이 인생의 목표인 나에게는 정말 최고의 도시다.

가끔씩 밀려드는 유학생활의 외로움이나 가족에 대한 그리움은 어쩔 수 없다. 하지만 뉴욕은 너무나 에너제틱해서 그런 생각에 잠시 멈춰 선 나를 저절로 움직이게 한다. 나의 느슨해지는 발걸음을 재촉하게 만드는 것도 바로 이곳, 뉴욕인 것이다. 사랑스런 뉴욕에서 놓치지 말아야 할 곳은 늘 숨어 있는 예쁜 숍들을 발견하게 되는 윌리엄스버그와 현대미술의 모든 것을 볼 수 있는 휘트니 뮤지엄, 환상적인 핫 초콜릿을 맛볼 수 있는 소호의 카페 보르지아이! 특히

카페 보르지아이의 핫 초콜릿의 맛은 말로 표현할 수 없을 정도다.

내게 뉴욕이 가장 매력적으로 다가오는 시간은 평일 밤 10시의 전철 안이다. 바빴던 하루 일과를 끝내고 일제히 집으로 돌아가는 인파 속에 서 있으면 많은 생각이 든다. '잘하고 있어, 수린아!' 하며 마음속으로 칭찬도 해주고, 지하철 안 사람들의 지친 얼굴을 보면서 동질감도 느끼고 무언의 위로도 건넬 수 있는 그런 대력적인 시간이자 장소이다. 너무나 많은 걸 배우고 느끼게 하고, 노력하면 끊임없이 새로운 기회를 부여해 주기에 항상 감사하는 마음으로 살아간다. 내가 꿈을 이루는 데 뉴욕이 미치는 영향은 다마 99.9%일 것이다.

299

내 마음속 깊은 곳에 존재하는
끊임없이 스스로에게 동기를
무언가를 갈망하는 내게 책이
가장 소중한 조언자이다.
요즘 밤마다 『연을 쫓는 아이
신기하게도 서점에서 첫 장이
'성장은 고통을 동반한다' 는
나는 지금, 많이 아프고, 또 단
그렇게 성장하고 발전하고 있

쟁이 때문에
여하고 용기를 줄 수 있는
말로

읽고 있다.
에 들어 고른 이 책은
야기를 담고 있다.
깨닫고, 배우고 있는 중이다.
것이라 믿는다.

젊은이의 표상, 나의 친구 김수린

수린을 처음 만난 것은 2년 조금 더 되는 시간을 거슬러 올라간다. 그때 수린은 "스물한 살이 되면 내 책을 쓸 거야"라고 서슴없이 말했다. 나도 그 당시 책을 쓰기는 했지만, 이제 막 10대의 학창시절을 마중 보냈을 뿐인 어린 나이에 스스로에 대한 책을 출판했다는 것은 적지 않은 고충과 어떤 의미에서는 죄책감마저 동반했기에 오히려 자발적으로 그 나이에 책을 쓰겠다는 수린을 보면서 처음에는 독특한 친구라고 생각했다. 그로부터 1년여가 지난 후, 본격적으로 집필 작업에 들어갔다는 이야기를 듣고는 쾌활한 겉모습 속에 깔려 있는 수린의 진중한 면모를 발견할 수 있었다.

지금까지 내가 본 수린은, 나이가 들면서 꿈보다는 현실에 더 고개를 돌릴 수밖에 없다는 것을 알면서도 끊임없이 꿈과 더욱 마주하려고 하는 사람이다. 소박한 행복을 추구하는 듯하면서도 남들에게 좋은 영감을 주는 영향력 있는 삶을 살아가고 싶어한다. 그녀의 꿈을 한마디로 정의할 수 없다는 것은 그만큼 형언할 수 없는 무언가가 안에서 소용돌이치고 있다는 반증일 것이다. 그 무언가를 더듬거리며 잡았다 놓았다 하는 것은 과도기의 혼돈이자, 에너지가 충만한 젊은 우리의 표상이다.

더 빠르지도, 느리지도 않게 축적된 시간에 비례해 농밀해져 가는 수린을 보고 있으면 20대 초반의 반듯한 거울을 보는 느낌이다. 대담하게 답을 휘갈겨 쓰다가도, 다시 문제를 읽어보고는 자기가 쓴 답을 열심히 지웠다가 다시 쓰기를 반복하며 고개를 갸우뚱하는 인간미도 여실히 보여준다. 그래서인지 그녀는 삶이 주는 선물들을 하나도 놓치려 하지 않고 온몸으로 그 정수를 흡수하며 자신의 삶을 충만하게 만들어가고 있다는 생각이 든다.

수린은 내 주위 친구들 중에서 아직까지도 '꿈'이라는 표현을 사용하는 유일한 사람이다. 어느 순간부터 나에게 '꿈'이라는 단어는 그 의미가 불명확하고, 비구체적이며, 여성적이라는 이유로 '목표'라던가 '하고 싶은 일'이라는 말로 대체했지만 여전히 '꿈'이라는 단어만큼 순수하게 본연의 의미를 그대로 전달하는 말은 없다고 믿는다. '목표'가 아닌 '꿈'이란 마치 동화 같은 무형의 실체이므로 그것을 추구하는 데에는 항상 혼란이 따른다. 능력이 뛰어날수록 그러한 카오스는 배가된다. 그래서 수린은 언어로 명시할 수 없는 과도기적 에너지를 이미지로 표출하고 있다는 느낌이 든다. 색감, 구도, 여백, 그리고 그 이상의 무엇인가로. 그것도 아주 훌륭하게.

잘할수록 오히려 욕심이 많아진다고 했다. 능력 있는 사람들이 그렇듯 수린은 항상 고민이 많고 가끔씩은 미래에 대해 혼란스러워하지만 꿈에 대해 가장 순수한 시각을 갖고 정공법으로 한 걸음 한 걸음 다가가는 아티스트라고 생각한다. 그것도 당장의 앞날을 예측하기 힘든 '현대예술'의 치열한 전장 속에서 그런 순수함을 간직하고 있기에 수린의 사진이 더 빛을 발하는 것 같다. 그것은 용기를 동반하는 일이다. 그녀는 순수하고 용감하기 때문에 항상 무언가 더 있을 거라는 기대를 갖게 만드는 그런 친구다.

나는 예술이나 사진에 대해서는 잘 알지 못한다. 하지만 최고만이 살아남는 그 세계에서 얼마나 경쟁이 치열할지는 충분히 짐작할 수 있다. 하루에도 몇 번씩, 얼마나 많은 시간 동안 꿈과 현실의 기로에서 선택을 강요당할까. 그때마다 어김없이 꿈의 편을 들어준, 앞으로도 그렇게 할 그녀의 용기에 박수를 보내고 싶다.

김현근 | 『가난하다고 꿈조차 가난할 수는 없다』, 『현근이의 자기주도학습법』 저자

꿈은 청춘으로 빛나고, 사진으로 표현된다

내 가슴속의 간절한 소망대로 많은 사람들이 이 글을 읽을 때쯤이면 아마도 나는 뉴욕으로 돌아가 책가방과 카메라를 메고서 씩씩한 발걸음을 내딛으며 학교로 향하고 있을 것이다.

지금으로부터 6년 전, 하이스쿨에 처음 입학하던 날이 기억난다. 학교에서는 숙제와 자신의 스케줄을 기록할 수 있는 플래너를 학생 모두에게 나누어주는데, 새로운 친구들을 만나 들떠 있는 다른 아이들과는 달리 미국에 온 지 얼마 되지 않았던 나는 조용히 플래너의 맨 첫 장을 두 손으로 꾹꾹 눌러 펼쳐놓고선 20대가 되면 하고 싶은 일들을 적기 시작했다.
내 드림스쿨인 파슨스로부터 입학허가서를 받는 것, 스무 살에 전시회를 열고 잡지에 내 사진을 싣는 것, 그리고 책을 쓰는 것……. 그것들을 하나하나 써내려가면서도 뉴저지의 작은 시골 고등학교에 다니며 사진이라곤 배워본 적도 없는 열다섯 살 아이의 꿈치곤 너무나 터무니없다는 것을 스스로도 잘 알고 있었기에, 혹여 누군가가 볼까 민망해 늘 두 손에 플래너를 꼬옥 쥐고 다녔던 기억이 난다.
그로부터 6년이 지나 스물한 살이란 삶의 도약대에 서 있는 지금, 그때의 터무니없던 꿈들은 크고 작게 현실이 되어가고 있다. 그리하여 꿈이란, 누구에게나 그것이 어떤 모양이든 현실로 바뀔 수 있다는 것을, 그 기분 좋은 가능성을 다시금 나는 깨닫고 있는 중이다.
무슨 책을 쓰고 있냐는 주위의 질문에 "아직은 잘 모르겠어" 하고 쑥스럽게 대답할 수밖에 없었던 이유는 고작 21년이라는 시간밖에 살아보지 못했으면서 감히 나를 있게 한 것들, 나를 바꾼 것들에 대해 쓴다고 당당하게 이야기를 하기엔 아마도 아직 미완의 상태에 놓여 있는 스스로를 잘 알고 있기 때문일지도 모르겠다.

하지만 책을 위한 글을 쓰고 사진을 찍어가면서 열정과 호기심, 감각에 의존하고 있었던 나의 연약한 이면을 차분하게 되돌아볼 수 있었다. 항상 잘 해내고 싶고, 훌륭한 아티스트로 성공하고 싶어하면서도 한편으로 꿈을 이루어내지 못할까봐 전전긍긍하는 철부지 소녀의 모습도 발견할 수 있었다. 이 책은 어쩌면 내게 있어 하나의 통과의례인지도 모르겠다. 사춘기 소녀에서 성숙한 성인으로 나아가기 위한, 그리고 그저 감각 있는 포토그래퍼에서 의식 있는 아티스트로 도약하기 위한!

물론 여전히 김수린은 계속해서 자기 자신에 대해 궁금해하는 것투성이에 불안정하고, 시도때도 없이 감정의 격한 소용돌이에 휘말리곤 하는 스물한 살의 애송이 아티스트다. 하지만 이 글을 마치는 이 순간, 한 가지만은 자신 있게 이야기할 수 있을 것 같다. 사진, 그것이 내게 어떤 의미인지 그 답이 들어 있는 창고의 열쇠를 발견하게 되었다고 말이다.

그 열쇠는 공교롭게도 지금의 나를 존재하게 만든, 그리고 나를 이루는 가장 중요한 원소인 꿈이며 열정이다. 한참을 망설이다가 주머니에서 단 한 개를 꺼내놓으면, 오히려 내게 선뜻 열 개를 내어주는, 기대한 것보다 내게 더 큰 꿈을 꾸게 만드는…….

"나의 꿈은 늘 이루어졌어요. 앞으로도 그럴 겁니다!"
라이언 맥긴리가 했던 저 기분 좋은 말처럼, 스물한 살 나의 꿈도 늘 이루어질 것이다.
많은 사람들의 꿈이 이루어지기를 바라며.

뉴욕으로 떠나기 이틀 전날 밤에
Soorin Kim

Soomin Kim

Thanks to.

가장 먼저 이 세상에 나를 태어나게 해주신 엄마, 아빠. 멀리 떨어져 전화 한 번 먼저 거는 적 없는 무심한 딸이지만 나를 꿈꾸게 하는 가장 큰 원동력이라는 것을 알아주셨으면. 뉴저지 시골에서 청소년기의 내가 반듯하게 자랄 수 있도록 나를 보살펴주신 큰이모. 이모, 정말 고마운 마음 언제 다 갚죠? 멀리 떨어져 있어도 나를 늘 걱정해 주시는 할머니, 할아버지, 이모들을 비롯한 많은 가족들. 그리고 내 인생의 영원한 카운셀러 연주. 사랑하는 현준, 내 사랑 비비와 저남. 고맙고 고마운 나의 뮤즈 수혁, 그리고 어릴 때부터 사진 찍자고 오랫동안 괴롭혀온 재연, 재인이. (이젠 언니가 사진 찍어주는 거 좋지?)

부족한 내 카메라에 서준 많은 사람들. 승호, 다울, 혜지, 경일, 우정이, 민철이, 정헌이, 잭, 니콜, 줄리아, 제씨 등. 힘들 때 늘 힘이 되는 고마운 친구들, 현근, 엠케이, 세희, 연희언니, 다빈, 료리, 전뉴요커, 단비, 령, 서윤 그 외에도 사랑하는 많은 친구들. (새벽이라 잘 기억이 안 나니까 이름 빠졌어도 삐지기 없기.) 내 인생에 너무 많은 것들을 선물해 준 라이언. 그리고 나의 가능성을 믿어준 위즈덤하우스와 수미 언니! (언니 우리가 드디어 해냈네요!) 마지막으로, 하나님. 제가 꿈을 이뤄갈 때마다 연약한 저를 붙잡아주셔서 감사해요. 앞으로도 언제나 저에게 에너지를 주실 거죠?

이 수많은 분들을 비롯한 나를 믿어주고, 나를 의지하고, 나를 응원해 주는 사람들과 꿈꾸는 많은 이들에게 쑥스럽게 이 책을 바칩니다. 모두모두 사랑해요!

청춘을 찍는 뉴요커

초판 1쇄 발행 2008년 10월 9일   초판 4쇄 발행 2009년 1월 15일

지은이 김수린   펴낸이 김태영

비즈니스 3파트장 박선영
기획편집 1분사_ 편집장 최혜진   책임편집 한수미
1팀_가정실 김세희 2팀_한수미 정지연   디자인팀_하은혜 차기윤
마케팅_곽철식 이재원 이귀애   제작팀_이재승 송현주

펴낸곳 (주)위즈덤하우스   출판등록 2000년 5월 23일 제13-1071호
주소 서울시 마포구 도화동 22번지 창강빌딩 15층   전화 704-3861   팩스 704-3891
전자우편 yedam1@wisdomhouse.co.kr   홈페이지 www.wisdomhouse.co.kr
출력 엔터   종이 화인페이퍼   인쇄·제본 (주)영신사

값 12,000원 ⓒ김수린, 2008   ISBN 978-89-5913-345-1 03810

* 잘못된 책은 바꿔드립니다.
* 이 책의 전부 또는 일부 내용을 재사용하려면
  사전에 저작권자와 (주)위즈덤하우스의 동의를 받아야 합니다.

국립중앙 도서관 출판시도서목록(CIP)

청춘을 찍는 뉴요커 / 김수린 글 · 사진. -- 서울 : 위즈덤하우스, 2008 p. ; cm ISBN 978-89-5913-345-1 03810 : ₩ 12000 사진[寫眞] 660.4-KDC4 770.2-DDC21   CIP 2008002972